언니들이 찾은 명화 속 숨은 이야기

언니들이 찾은 명화 속 숨은 이야기

발   행 | 2019년 1월 11일

지은이 | 김예빈 외 17명
펴낸이 | 신중현
펴낸곳 | 도서출판 학이사

　　　출판등록 : 제25100-2005-28호
　　　주   소 : 대구광역시 달서구 문화회관11안길 22-1(장동)
　　　전   화 : (053) 554~3431, 3432
　　　팩   스 : (053) 554~3433
　　　홈페이지 : http://www.학이사.kr
　　　이 메 일 : hes3431@naver.com

ISBN _ 979-11-5854-169-9   03810

이 도서의 국립중앙도서관 출판예정도서목록(CIP)은 서지정보유통지원시스템
홈페이지와 국가자료종합목록시스템에서 이용하실 수 있습니다.
(CIP제어번호 : CIP2019000676)

언니들이 찾은
명화 속
숨은 이야기

김예빈 외 17명 지음

學而思 학이사

창의력과 상상력을 키워주는
특별한 동화

아이들에게 꿈과 희망을 주기 위해 만들어진 저희 동아리는 올해 아주 특별한 동화를 썼습니다. 저희는 자주 접하는 명화를 보고 상상력을 발휘해 보았습니다. 명화는 말 그대로 그림입니다. 영상처럼 움직이지도 않고 소리도 없습니다. 이런 점에서 아이들에게 창의력을 키워주기에 '명화'는 안성맞춤이라고 생각합니다. 움직이지 않는 순간을 보고 명화 속에서 일어날 수 있는 무궁무진한 상황을 상상할 수 있는 창의력을 선물해 주고 싶었습니다.

아이들이 이 책에 담겨있는 명화와 저희가 찾은 명화 속 이야기를 보고 자신만의 이야기를 상상해 본다면 이 책을 쓴 저희들의 목표는 이루어진 것입니다. 명화를 요리조리 살펴보며 상상력을 더해가는 과정은 아이들을 위한 동화를 쓴다는 목적을 넘어 저희 스스로도 발전할 수 있는 좋은 기회였습니다.

동화를 작성하는 과정이 순탄하지만은 않았습니다. 대부분 동화를 처음 써보았기 때문에 어색함과 부족함이 드러나기도 했고,

삽화를 그리는 과정에서도 많은 노력이 필요했습니다. 또 영어로 번역하는 데에도 많은 시간이 필요했습니다. 학생으로서 학교생활에도 충실해야 했기 때문에 온전히 동화를 쓰는 데에만 신경을 쓸 수 없었다는 아쉬움이 남기도 합니다. 여러 차례 수정을 거친 끝에 저희의 노력과 열정이 담긴 동화책이 이렇게 세상에 나오게 되었습니다.

이 책을 출판하기까지 크고 작은 도움을 주신 모든 분들께 감사 인사를 드립니다. 저희 동아리 고문 박지성 선생님, 학이사 출판사 분들 그리고 김미희 작가님께 감사드립니다.

이제 언니들이 찾은 명화 속 이야기를 만나볼까요?

2018년 12월
Fairy In Tales 복자여자고등학교
영어동화책 제작 동아리

〈차례〉

〈저자 프로필〉

*차슬이
공부는 못 해도 괜찮아! 결론은 행복한 게 최고!
모두를 행복의 구덩이로 빠뜨리고 싶은 해피 바이러스 낭랑 17세

*장현지
F.I.T 2년 차면 풍월을 읊는 게 아니고 독특한 발상과 아이디어가
기본 아니겠어? F.I.T 동아리에 들어온 지도 벌써 2년. 만년 동아
리 부원이지만 아직도 아이디어가 넘쳐나는 화수분이라구 〉ㅁ〈

*김수민
글도 쓰고 그림도 그리고~ 내 생애 처음 만들어 보는 동화책. 1학
년의 열정과 패기를 가득 담았다! 열두 번째 양이 울타리를 넘는 순
간 뻥 뚫리는 속! 기가 막히게 재밌는 이야기! 지금 바로 읽어보세
요! 이후 유명한 작가가 된다는데.

*모지은
그림을 좋아하고, 그림을 그리는 모지은입니다. 혈액형은 B형, 별
자리는 물병자리입니다. 좋아하는 동물은 거북이고, 집에서 함께
살고 있는 거북이도 있습니다.

*황지현
감동적인 것에 쉽게 눈물을 흘리는 감성적인 예비 작가. 동화에도
감동을 넣어 사람들의 마음을 따뜻하게 만들고 싶은 바람이 있다.
아이들의 따뜻한 마음은 내가 접수하겠어!

*김수진
안녕 나는 복자여자고등학교 1학년 수진이야.
너희들의 친절한 이웃이 되기 위해 노력 중이지^^
내가 쓴 이야기 & 그림 모두 즐겁게 감상해줬으면 좋겠어.

*편예영
너희는 뭘 할 때 가장 즐거워? 나는 그림을 그릴 때가 가장 행복해!
이 책을 보면서 너도 즐거웠으면 좋겠어~

*주민주
아직 교복도 입기 전이었던 열 살 쯤에 저는 책을 내고 싶다고 생각
을 했었어요. 아마 책을 읽을 때의 즐거운 느낌을 직접 남에게 주고
싶어서 그랬던 것 같아요. 8년이 지나 저는 지금 교복을 입고 이렇
게 책을 쓰고 있네요. 즐겁게 읽기를 바랄게요. 안녕!

*조하은
나는 남들 앞에선 강한 척 하지만 알고 보면 눈물 많고 감성적인
17세 소녀야. 슬프고 감동적인 영화와 책, 노래를 좋아해!

*김예빈
작은 고추가 맵다는 것을 몸소 보여주는 FIT의 기장.
아이들의 꿈과 희망을 심어주기 위해선 두려울 것 없다!
'누구나 무엇이든 될 수 있단다!'

*김채나
다들 좋아하는 동화 하나 쯤은 있지! 이 책은 명화 속 동화라고 해야 되나? 전혀 상상할 수 없었던 이야기가 나올 수도 있으니까 꼭 한 번 읽어보길 바라! 그럼 너희도 푹 빠져 버릴 걸!

*박상은
난 글을 쓰는 것을 정말 좋아해! 관찰력 하나는 누구보다 뛰어나다고! 너희들의 생각을 키워줄 동화 한 편을 준비했어! 기적 같은 동화, 같이 읽어보지 않을래?

*우다현
안녕 나는 우다다다다 우다현이야. 2학년이지만 동화는 처음인 새내기야~
써 본 글은 없지만 쓸 글은 많은 예비 작가야~ 나와 함께 앨리스가 있는 동네로 가보자!!

*이수경
무한한 상상력으로 별빛과 같은 감동과 마음을 반짝이는 동화를 펼쳐보겠습니다! 모두에게 선물할 수 있는 동화를 쓸 이수경입니다. 그럼 고고씽.

*문지현
안녕! 내 꿈은 유치원 교사야. 나는 호기심이 많고 글쓰기를 좋아해. 내 동화를 읽으며 내가 담은 메시지에 같이 귀 기울여 볼래?

*김민지
항상 피곤에 빠져있지만 그래도 즐거워! 책을 좋아하는 사차원 작가!

*안예진
난 지금 이 순간에도 저 푸른 바다 깊은 곳에서는 인어들이 헤엄치며 살고 있고 '비비디 바비디 부'를 외우는 요술 할머니가 누군가를 도와주고 있다고 믿어. 언제까지나 동화 속에서 살고 싶은 내가 너희들에게 내 세상을 조금 알려줄게!

*한예서
안녕, 이 동화책에서 그림과 글을 맡은 1학년 한예서라고 해!
우리 모두 동화책을 다 읽기 전까지 방심하지 말고 가즈아~!

〈포도〉

신사임당(1504~1551)

제작 16세기 전기

기법 견본수묵(絹本水墨)

크기 31.5 x 21.7 cm

소장처 간송미술관

한 송이 우리 반

김채나

딩동댕—동

오늘도 시끌벅적한 하루가 시작됐어요. 친구들은 학교에 오자마자 집에 가고 싶다고 말하기도 하지만 나는 아니에요. 학교에 오래오래 있고 싶어요. 내가 학교를 좋아하는 이유는 세 가지도 넘어요.

첫 번째는 제 친구들이에요. 가끔 장난을 많이 치기도 하지만 오늘은 또 무슨 일이 일어날까 궁금하게 만들어요.

두 번째는 우리 선생님이에요. 선생님께서는 저희에게 마법을 부리세요. 항상 웃음이 나오게 하는 마법!

며칠 전에 무슨 있었냐면요, 선생님이 엄청 큰 포대자루를 들고 오신 거예요. 아이들이 그 포대자루에 대해 여쭈어보자 선생님께서 말하셨어요.

"이건 선생님의 요술주머니란다."

선생님이 포대자루를 열자마자 여러 색깔의 풍선들이 하나씩 나왔어요. 금세 교실은 풍선으로 가득 찼어요. 포대자루 안에서 풍선이 나올 줄은 상상도 못 했거든요. 풍선을 좋아하는 우리를 위해 선생님이 준비하신 거예요. 우리 반은 세상에서 제일 예쁜 반이 되었지요. 그 후로 선생님이 포대자루를 들고 오시는 날은 자루에서 무엇이 나올지 기대하게 돼요.

마지막은 바로 미술시간이 있기 때문이에요. 제 마음속 이야기를 꺼낼 수 있는 소중한 시간이지요. 화요일, 오늘이 바로 미술시간이 있는 날이에요. 설레는 마음을 안고 선생님을 바라보았어요.

"오늘의 미술 주제는 없단다."

아이들이 의아한 표정으로 바라보았어요.

"너희들이 원하는 그림을 마음껏 그려보렴. 다 그린 후에 친구들에게 자신의 그림을 소개해 볼 시간도 가질 거야."

이번 미술시간은 정말로 마음에 들었어요. 내 마음대로 할 수 있으니까요. 다른 친구들은 무엇을 그려야 할지 고민이 많은 것 같았어요.

하지만 나는 옆에 있는 친구들과 다르게 빠른 속도로 손을 움직였어요. 선생님의 말씀이 끝나기도 전에 좋은 생각이 났거든요.

하얀 도화지 위에 큼지막한 포도송이를 그렸어요. 포도를 왜 그렸냐고요? 우리들과 선생님이에요. 아이들에게 둘러싸여 있는 선생님을 보았는데, 그 모습이 마치 포도송이 같았어요. 맞아요. 선생님 주위에 대롱대롱 매달려 있는 아이들은 포도알이에요. 옆 친구에게 그림을 보여주며 물어보았어요.

"내가 뭘 그렸는지 알아?"

"포도잖아."

옆에 있는 친구가 바로 대답했어요. 역시나 여기 이 왕포도가 선생님으로는 안 보이나 봐요. 이렇게 나만 알 수 있는 그림을 그리는 게 좋아요.

그림을 마무리할 때 즈음에 선생님께서 말씀하셨어요.

"이제 슬슬 발표 준비를 해 보자."

친구들 앞에서 발표를 하려고 하면 괜히 심장이 터질 것 같아요. 드디어 내 차례가 됐어요. 친구들이 초롱초롱한 눈빛으로 저를 쳐다보았어요. 저는 눈을 질끈 감고 이야기를 시작했어요.

"이 그림을 딱 보면 포도처럼 보이지요? 맞아요. 보랏빛이 도는 맛있는 포도예요. 하지만 제가 이 포도를 그린 이유는 따로 있어요. 저는 이 포도를 보면 우리 선생님과 반 친구들이 생각나요."

아이들이 신기하다는 표정으로 저를 쳐다보았어요. 그 중 한 명이 나에게 질문을 했어요.

"왜 선생님이 왕포도야? 얼굴이 아주 동글동글해서?"

아이들이 큰소리로 웃기 시작했어요.

"포도알을 달고 다니는 포도를 보고 항상 저희를 챙겨주시는 선생님이 떠올랐어요."

친구들이 박수를 보내주었어요.

저는 덧붙여 말했어요.

"포도송이처럼 우리도 한 알 한 알 모여 있어요. 왕포도 선생님을 중심으로요. 우리 반이 한 송이 포도란 생각이 들었어요."

옆에서 지켜보시던 선생님께서 한 마디 하셨어요.

"3반, 우리 모두 탐스럽게 잘 익은 포도가 되어 보자."

맞아요. 오늘도 우리들은 익어가고 있어요.

한예서 작 〈Grape〉

My Class Is a Bunch of Grapes

Chaena Kim

Dang—Dang!

A noisy day has begun. My friends say they want to go home as soon as they arrived at school, but I don't. I want to stay at school for a long time. There are more than three reasons why I like school.

The first are my friends. Sometimes my friends play a lot, but they make me wonder what will happen today.

Second is my teacher. My teacher does magic to us. A magic that always makes us laugh!

Do you know what happened a few days ago? The teacher came with a really big sack. When the kids asked her about it, the teacher said.

"This is my magic pocket."

As soon as the teacher opened the sack, balloons of different colors came out. Soon the classroom was full of balloons. I never thought a balloon would come out of the sack. The teacher prepared the balloons for us. My classroom became the prettiest one in the world. From then on, when my teacher brings the sack, we can't wait to see what will come out from it.

The last one is art class. It's a precious time to bring up the story in my mind. Tuesdays, in other words, today is the day I have art class. I looked at my teacher with excitement.

"There is no particular theme today."

Students looked at the teacher in wonder.

"Draw a picture you want. You will also have time to introduce your paintings to your friends after you finish coloring it."

I really like this art class. I can have my own way. Other friends seemed to have many worries about what to draw.

But I moved my hands at a fast pace unlike my friends. A good idea popped up in my head even before the teacher is done giving the instructions.

I drew large grapes on a white canvas. Why did I draw grapes? It represents us and our teacher. I saw my teacher surrounded by students and it looked like a bunch of grapes. Yes, the kids hanging around the teacher are grain of grapes. I asked my friend, showing my picture.

"Can you tell what I tried to draw?"

"They're grapes."

The friend answered right away. I guess this gigantic grape doesn't look like my teacher. I love drawing things that no one can tell what it is.

By the time I finished painting, my teacher said.

"Now, let's get ready for the presentation."

If I try to make a presentation in front of my friends, I feel like I'm going to burst out in tears. It's finally my turn. My friends looked at me with limpid eyes. I started talking with my eyes closed.

"If you look at this picture, it looks like grapes, right? Yes, They are delicious purple grapes. But there's another reason why I drew these grapes. The grapes remind me of my teacher and classmates."

My classmates looked at me with a curious look. One of them asked me a question.

"Why is the teacher the biggest grape? Because of her round face?"

Everyone started laughing out loud.

"The grapes carrying a grain of grape made me think of a teacher who always cares for us."

My friends applauded. I added.

"Just like a bunch of grapes, we're all together. Focusing on the big grape teacher. I thought our class looked like a bunch of grapes."

The teacher who was watching from aside said,

"Class 3, let's make the grapes really nice and ripe."

Yes, we're still getting ripe today.

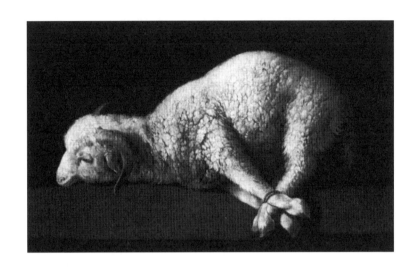

〈양〉

프란시스코 데 수르바란 (1598〜1664)

제작 1635 〜 1640년

기법 캔버스에 유채

크기 62 x 38 cm

소장처 프라도 미술관

열두 번째 양

김수민

평소와 다를 것 없던 어느 날 밤, 아이는 잠을 자려고 침대에 누웠어요. 그런데 아무리 눈을 감아도, 몸을 뒤척여 봐도, 창밖을 보고 있어도 잠이 오지 않는 거예요.

아이의 방에서 계속 움직이는 소리가 들리자 엄마 아빠는 슬그머니 방문을 열고 아이에게 다가갔어요.

"엄마. 잠이 안 와요."

"자장가를 불러줄까?"

엄마가 옆에 앉아 자장가를 불러줬어요. 하지만 잠은 올 생각을 하지 않았어요.

아빠가 말했어요.

"그럼 머리를 쓰다듬어 줄까?"

역시 기분은 좋았지만 잠은 오지 않았어요. 결국 엄마 아빠는 아무것도 해결해 줄 수 없었답니다. 엄마 아빠는 아이에게 잘 자라는 말을 남기고선 조용히 방을 나갔어요.

몇 번을 더 뒤척이다 아이는 생각했어요.

'그래, 양을 세 보자.'

머릿속으로 울타리와 초원, 그리고 그 울타리를 넘을 양을 생각했어요. 먼저 첫 번째 양이 울타리를 건너뛰었어요. 그다음은 두 번째 양. 그다음은 세 번째 양. 그다음은 네 번째 양. 그다음은…. 양들은 계속해서 울타리를 넘었죠.

그렇게 아이가 잠에 들려고 하는 순간,

"누가 나 좀 도와줘!"

하는 외침이 들렸어요. 그 목소리의 주인공은 열두 번째 양이었어요. 울타리 앞에서 네 발이 꽁꽁 묶인 채로 울상을 짓고 있었죠. 그 뒤에서 열두 번째 양을 바라보고 있던 열세 번째 양이 말했어요.

"저 불쌍한 양을 봐! 얼마나 답답할까."

조금 더 뒤에 있던 열네 번째 양은 열두 번째 양을 격려해 주었어요.

"한 발 한 발씩 꺼낼 수 있지 않을까? 힘을 내 봐!"

아이는 눈이 번쩍하고 떠졌어요.

'이게 무슨 상상이람?'

상상 속의 엉뚱한 상황에 아이는 깜짝 놀랐어요. 아이는

다시 잠들기 위해 조금 전과 같이 울타리와 초원, 그리고
양들을 생각해냈어요. 다시 첫 번째 양이 울타리를 넘고
그 뒤를 이어 두 번째 양이 울타리를 넘었어요. 그 뒤로 세
번째 양이. 네 번째 양…. 양을 세다보니, 아이는 잠이 오
기 시작했어요. 그렇게 아이가 잠에 들려고 하는 순간,

"누가 나 좀 도와달라니까!"

어디선가 아까와 똑같은 외침이 들려왔어요. 그 열두 번
째 양이었지요. 양은 지쳐있는 것 같았어요.

열세 번째 양은 그런 열두 번째 양이 답답한지 이제는
짜증나는 말투로 열두 번째 양을 재촉했어요.

"빨리 어떻게 좀 해 봐. 얼른 울타리를 넘으라고!"

열네 번째 양도 아까와는 다른 태도였지요.

"그것도 못해? 네가 울타리를 넘어야 다른 양들도 울타
리를 넘을 거 아냐!"

아이는 열두 번째 양을 타박하기만 하는 양들에게 화가
나서 그 상상 속으로 직접 들어가야겠다고 생각했어요. 몇
번의 상상 끝에 드디어 아이는 그 상상 속으로 들어갈 수
있었어요.

아이는 열두 번째 양을 둘러싸고 있는 양들에게 외쳤어
요.

"너희들이 풀어주면 되는 거 아냐?"

아이는 열두 번째 양에게 척척 다가가 낑낑거리며 열두 번째 양의 다리를 묶고 있는 밧줄을 풀어주었어요. 양들은 서로 눈치만 봤어요. 열두 번째 양은 발목을 돌리며 아이에게 고맙다고 인사했어요. 이제까지 가만히 있던 열다섯 번째 양과 열여섯 번째 양, 그리고 그 뒤에 있던 양들까지도 가만히 보고만 있었던 게 미안한지 고개를 숙이고 있었어요. 열세 번째 양은 열두 번째 양에게 다가가 사과했어요.

"미안해. 진작 풀어줬어야 하는 건데."

열세 번째 양 뒤로 열네 번째 양도 쭈뼛쭈뼛 다가왔어요.

"나도 미안해. 난 아무것도 모르고 너한테 짜증만 내고 있었구나."

아이는 열두 번째 양을 토닥였어요.

"어때? 발목 괜찮아? 뛸 수 있겠니?"

열두 번째 양은 고개를 끄덕이더니 자근자근 잡초를 밟고 가볍게 울타리 쪽으로 달려가 누구보다 사뿐히 울타리를 뛰어넘었어요.

그 뒤로 열세 번째 양이, 이어서 열네 번째 양이, 그 다음으로 열다섯 번째 양이 울타리를 넘었어요.

몇 시간이 지나고 부모님은 아이가 잘 자고 있는지 걱정

돼 아이의 방문을 살금살금 열어 보았어요.

"아하하. 양을 세고 있나 보네!"

엄마 아빠가 말했어요.

"오십 삼, 오십 사, 오십 오…."

잠꼬대하는 아이의 이불을 예쁘게 덮어주고 엄마 아빠는 조심조심 방문을 닫았어요. 그리고 양 세는 소리도 어느 샌가 잠들었답니다.

김수민 작 〈Agnus dei〉

The Twelfth Lamb

SooMin Kim

One typical night, the child lay in bed to sleep.
But no matter how hard

the child close his eyes, no matter how much the
child toss around, The child can't sleep even when
child are looking out the window.

After hearing a constant movement in child's
room, The mother and father slid open the door
and approached him.

"Mom, I can't sleep."

"Shall I sing you a lullaby?"

My mom sat next to me and sang a lullaby but
child couldn't sleep.

Said Dad.

"Shall I pat your head?"

The child felt great, but The child couldn't sleep. Mom and Dad couldn't solve anything. They said goodnight to The child and left the room quietly.

While The child was tossing and turning a few more times, The child thought.

'OK. Let's count lamb.'

The child thought, fence, meadow, and the lamb to cross that fence. The first sheep skipped over the fence. The second lamb. The third lamb. The fourth lamb. And then⋯ The sheep kept climbing over the fence. The moment The child tries to fall asleep,

'Somebody help me!'

The child heard a cry. That was the twelfth lamb. The lamb was in front of the fence, his feet tied up, and The child was crying. The thirteenth lamb watching the twelfth lamb said.

"Look at that poor lamb! How frustrating."

A little behind, the fourteenth lamb encouraged the twelfth.

"I think may be can do that take out each one step from that. Cheer up!"

The child opened his eyes wide.

'What is this supposed to be?'

The child calmed his frightened heart and came up with fences, grasslands, and lamb. Again the first lamb crossed the fence, followed by the second. The third amount after that. Fourth, that's how she was going to fall asleep.

'Somebody help me!'

The child heard the same cry from somewhere. That was the twelfth lamb. lamb looked exhausted.

The thirteenth lamb rushed the twelfth with an annoying accent.

"Do something quickly! and get over the fence!"

The fourteenth lamb was a different attitude too.

"'You have to go over the fence because the other sheep can go over it after you!"

The child was angry at the lamb who only complained at the twelfth lamb and thought that he would have to go directly into the imagination.

After a few visions, the child was finally able to get into them.

The child shouted at the lamb surrounding the twelfth lamb.

"You can let him go!"

The child came up to the twelfth lamb, whining, releasing the rope that tied the twelfth lamb's legs. They read their countenance each other. The twelfth lamb turned her ankle and thanked to child. The fifteenth and sixteenth lamb, who have been sitting still, and the other three, are still holding their heads down. The thirteenth lamb approached the twelfth lamb and apologized.

"I should have helped you before."

Sadly, The fourth lamb came behind the thirteenth lamb.

"I am sorry too. I knew nothing and I was just being irritated with you."

The child patted the twelfth sheep gently.

"How are you? Are your ankles OK? Can you run?"

the twelfth lamb nodded, stepped on the weeds around her neck and ran toward the fence more lightly than anyone else.

The thirteenth lamb after that. Then the fourteenth quantity. And then the fifteenth lamb went over the fence.

After a few hours, The child's parents opened the door quietly again because they were worried that he was sleeping well.

"Ha ha. I guess you're counting lamb!"

said mom and dad.

"Fifty three, Fifty four, Fifty five⋯."

The mother and father carefully closed 'the' door after covering up 'their son's' blanket beautifully again. The child's rooms full of sound of lamb.

〈황묘농접도〉

김홍도 (1745~?)

제작 ?년

기법 지본채색

크기 30.1 x 46.1 cm

소장처 간송미술관

행복한 돌멩이

박상은

추운 겨울이 지나고 따스한 콧바람을 내뿜는 봄이 돌아왔어요. 동물 친구들도 삼삼오오 밖으로 나와 뛰어놀고 예쁜 꽃들도 나무들도 잠에서 깨어났어요.

작은 돌멩이 순돌이는 새로운 친구들을 많이 사귈 수 있다는 생각에 하늘을 날 것만 같았어요.

옆 마을에 사는 고양이 샤샤도 산책을 나왔나 봐요.

"샤샤야, 안녕? 네 황금색 털은 언제 봐도 멋지구나!"

"그렇지? 매일 아침마다 엄마가 부드러운 손으로 빗겨 주시거든. 그럴 때면 나도 모르게 잠이 오곤 해."

순돌이는 주위를 둘러보며 말했어요.

"엄마는 어디 계셔?"

"저기 옆 마을에 있어. 우리 마을은 하하호호 웃음소리가 멈추질 않아. 나는 맛있는 생선들을 잔뜩 파는 생선가

게 앞을 지날 때가 제일 좋더라. 나도 모르게 배에서 꼬르륵 소리가 난다니까!"

"우와, 부럽다. 네가 살고 있는 마을이라는 곳에 나도 한 번 가보고 싶어."

"그게 뭐 어렵다고? 지금 나랑 같이 갈래? 순돌아, 나를 따라와!"

샤샤는 순돌이 보다 앞장서서 성큼성큼 달려갔어요. 하지만 순돌이는 꼼짝도 하지 않고 제자리에 가만히 서있었어요.

"순돌아, 왜 가만히 있는 거야? 빨리 와."

"샤샤야, 나는 움직일 수가 없어."

"그래? 음… 그럼 내가 너를 끌어당겨줄게."

샤샤는 있는 힘을 다해 순돌이를 끌어당겼어요.

뒤에서 밀었다가 앞에서 당기고 왼쪽으로 밀었다가 오른쪽으로 당기고, 샤샤는 모든 방법을 동원하여 순돌이를 끌어당겨 보았지만 순돌이는 꼼짝도 하지 않았어요.

"순돌아, 미안하지만 함께 마을에 가는 것은 힘들겠어."

고양이 샤샤는 순돌이를 내버려둔 채 가 버렸어요.

순돌이는 아무리 움직이려고 해도 움직이지 않는 자신의 두 다리를 보며 슬펐어요. 그때 살랑살랑 검은색으로 예쁘게 꽃단장을 한 나비 한 마리가 순돌이 주변을 뱅글뱅

글 맴돌았어요.

"너는 누구니?"

"나는 나비, 바나야. 저기 바다 건너, 섬에서 왔어."

"바다 건너 섬이라고? 그 곳은 어디야?"

"주변이 온통 푸른 바다로 뒤덮여 있는 곳이지. 거기에는 친구들도 많아. 갈색 줄무늬 바지를 즐겨 입는 야자수 아저씨도 사는데 아저씨가 나눠주는 코코넛 음료수는 정말 최고야!"

"그 곳은 정말 멋진 곳이구나! 나도 꼭 한번 가고 싶어."

"그럼 너도 나랑 같이 갈래? 너에게도 야자수 아저씨를 소개시켜 주고 싶어!"

바나는 순돌이 등에 내려앉으며 말했어요.

"나는 걸을 수가 없는 걸. 걸을 수 없는 내가 그런 먼 곳에 가는 건 불가능해."

순돌이는 시무룩해졌어요.

"순돌아, 걱정하지 마. 난 멀리멀리 날아갈 수 있으니까. 내 등에 타면 어디든 날아 갈 수 있어."

"정말?"

"그럼, 물론이지. 내가 들어 올려 줄 테니까 날아가자."

바나는 검정색 가느다란 날개로 있는 힘껏 순돌이를 붙잡았어요.

위로, 위로, 더 위로, 높게, 높게, 더 높게. 바나는 순돌이를 들어올리기 위해서 온 힘을 다해 노력했어요. 하지만 순돌이는 꼼짝하지 않았어요.

"순돌아, 나도 너랑 같이 가고 싶지만 내 힘으로 도저히 너를 들어 올릴 수 없어. 미안하지만 같이 날아가는 건 힘들겠다."

나비는 이 말을 남기고 저 멀리로 훨훨 날아가 버렸어요.

"난 왜 이렇게 쓸모가 없을까? 걸을 수도 없고 너무 무거워서 아무 곳에도 갈 수 없어."

순돌이는 너무 슬퍼서 눈물이 났어요.

"너도 슬픈 일이 있구나."

언제부터 있었을까요? 순돌이 옆에서 꽃이 작은 소리로 물었어요.

"꽃아, 너도 나처럼 움직일 수 없어서 슬픈 거니?"

꽃이 대답했어요.

"아니. 난 조금 있으면 시들고 말 거야. 나는 내가 곧 세상에서 사라질 거라는 생각만 하면 너무 슬퍼서 잠도 안 와."

순돌이는 꽃이 너무 불쌍해 보였어요. 지금껏 이 세상에서 사라진다는 생각은 한 번도 하지 못했거든요. 어떻게 하면 꽃을 위로해 줄 수 있을까요.

"꽃아, 행복한 것들을 떠올리면 슬픔이 사라지지 않을까?"

"행복한 것들? 난 그런 것을 잘 몰라."

순돌이는 그동안 많은 친구들이 순돌이에게 들려준 행복한 이야기들을 꽃에게 들려주었어요.

구름이 흘리고 간 이웃 나라 이야기, 바람이 두고 간 옆 마을 이야기, 새들이 물고 온 재미있는 이야기들을 마치 순돌이가 그 곳에 있었던 것처럼 생생하게 이야기 했지요. 이웃 나라 겁 많은 사자 차차 아저씨가 경찰이 되었다는 이야기, 아랫마을 호호 거위 아주머니네 일곱 쌍둥이가 태어났다는 이야기, 옆 동네 장난꾸러기 꼬마 원숭이가 모자 가게의 모자를 훔쳐서 도망가다가 혼쭐이 난 이야기까지. 순돌이가 들려주는 재미있는 이야기를 들으며 꽃은 슬픈 생각을 잊고 깔깔 웃으며 즐거운 시간을 보냈어요.

"순돌아, 함께 있어줘서 고마워. 내가 다음에 다시 피어날 때까지 여기서 날 기다려 줄 수 있겠니? 네가 늘 이 자리에서 날 기다리고 있다고 생각하면 시들어 버리는 것이 하나도 무섭지 않을 것 같아."

"그래, 그릴게. 아무 데도 가지 않고 널 기다릴게."

순돌이는 꽃을 기다려 주겠다는 약속을 지킬 수 있다는

생각에 행복했어요. 그 자리에서 기다리는 것은 그 누구보다 잘 하니까요. 그 날 밤 순돌이는 꿈속에서 꽃과 함께 손을 잡고 고양이처럼 펄쩍펄쩍 뛰고 나비처럼 훨훨 날아서 차차 아저씨와 인사도 하고 꼬마 원숭이가 혼나는 모습을 몰래 지켜보기도 하고 호호 아줌마네 아기 거위의 볼을 살짝 꼬집어주기도 했답니다.

한예서 작 〈A Yellow cat makes fun of a butterfly〉

The Happy Stone

Sangeun Park

Cold winter has passed and spring is just around the corner. Animal friends ran out in groups, beautiful flowers and trees woke up.

The little Stone Sundol felt like flying because he thought he could make many new friends.

Sasha, a cat living in the next town, went for a walk, too.

"Hello, Sasha? Your golden hair is always wonderful!"

"Isn't it? Every morning my mom keeps her soft hands on me. When she does it, I fall asleep."

Sundol looked around and said,

"Where's your Mom?"

"She's over there in the village. In my town, laughter don't stop. I love it when I pass by a fish shop that sells a lot of delicious fish. My stomach is growling unconsciously!"

"Wow, I envy you. I'd like to visit your town."

"You do? Do you want to come with me now? Sundol, follow me!"

Sasha led Sundol strode across the grassy field. But Sundol stood still in place.

"Sundol, what's the matter? Come quickly."

"Sasha, I can't move."

"Really? Well, then I'll pull you up."

Sasha pulled Sundol as hard as she could.

She pushed from behind, pulled from the front, pulled him to the left, and Sasha tried every possible way to pull Sundol, but Sundol did not move.

"Sorry Sundol, but I don't think I can take you with me to town."

Sasha the cat left Sundol alone.

Sundol was sad to see his legs which are not

moving. At that time, a butterfly wearing black clothes hovered around Sundol.

"Who are you?"

"I am a butterfly, Bana. I came from an island across the sea."

"Island across the sea? Where is it?"

"It's all covered in the blue sea. There are many friends too. There is a palm tree man who enjoys wearing brown striped pants and his coconut drinks are the best!"

"What a nice place it is! I really want to go there."

"Then do you want to come with me? I want to introduce him to you, too!"

Bana said and gently sat on Sundol's back.

"It's impossible for me to go to such a faraway place because I can't walk."

Sundol became sullen.

"Don't worry, Sundol. I can fly away. You can ride on my back and fly anywhere."

"Really?"

"Yes, of course. I'll pick you up and let's fly."

Bana caught Sundol with his thin black wings.

Up, and up, higher, and higher, Bana tried her best to lift Sundol. But Sundol didn't move.

"Sundol, I'd love to take you with me, but I can't lift you up with my own strength. I'm sorry, but it's hard to fly with you."

The butterfly Bana flew away with this message.

"Why am I so useless? I can't walk and it's too heavy to go anywhere."

Sundol was so sad that he cried.

"Are you feeling sad, too?"

Since when? The flower asked in small voice next to Sundol.

"Flower, are you sad because you can't move like me?"

A flower answered.

"No, I'll be gone in a minute. I'm so sad to think that I'm going to disappear soon."

Sundol felt miserable for the flower. He had never thought about disappearing from this world.

How can he comfort the flower?

"Flower, if you think of happy things, your sorrow will go away."

"Happy Things? I don't know what you mean."

Sundol told the flower happy stories that many of his friends had told him.

He talked about the neighboring country, the village that the wind had left behind, and the funny stories that birds had brought, as if Sundol had been there. The story about the coward man Chacha who became a police officer, the goose and septuplets who were born, naughty the little monkey that ran away from the hat store. Listening to Sundol's funny story, the flower laughed away and had a good time.

"Thank you for being with me, Sundol. Can you wait here for me until I'm back? I don't think it would scare me to wither away when I think you're always here."

"I will. I will wait for you without going anywhere."

Sundol was happy to think that he could keep his

promise to wait for the flower. Waiting was a lot easier than other things. That night Sundol held the hand of the flower in his dream. He jumped like a cat, and flew like a butterfly. He said hello to Chacha, the lion. He secretly watched the little monkey being scolded, and slightly pinched the baby goose's cheek.

〈오필리아〉

존 에버렛 밀레이(1829~1896)

제작 1852년

기법 캔버스에 유채

크기 112 x 76 cm

소장처 테이트 갤러리

바다로 가는 길

차슬이

쏴아아, 철퍽.

오필리아가 사는 마을에서 들려오는 파도소리예요. 남들에겐 기분 좋은 소리일지 몰라도 오필리아에겐 아니었답니다. 왜냐하면 오필리아에겐 물 공포증이 있었거든요. 오필리아가 처음부터 물을 무서워 한 건 아니었어요. 두 살엔 조개를 주우러 갔었고 네 살엔 헤엄까지 쳤던걸요.

시작은 오필리아가 일곱 살이 되던 해였어요. 엄마는 바다 건넛마을에 꽃을 팔러 가시고, 오필리아는 산에 꽃을 따러 간 동안 커다란 해일이 마을을 덮쳤답니다. 그날, 오필리아가 바라본 마을의 모습은 참담했어요. 급하게 뛰어 올라오는 마을 사람들, 동시에 밀려오는 바닷물. 마치 바다가 사람을 삼킨 것 같았어요. 그러다 오필리아는 갑자기 기르던 강아지 생각이 났어요.

"누구 저희 집 초코 본 사람 없나요?"

사람들은 남의 강아지에게 신경 쓸 겨를이 없었어요. 정신이 없었거든요. 고개만 저을 뿐이었지요. 오필리아는 주저앉아 울음을 터뜨렸어요. 초코는 세상에 하나뿐인 좋은 친구였거든요. 당장은, 그녀를 위로해주고 초코를 같이 찾아줄 엄마도 없어서 오필리아는 더욱 슬펐답니다.

바닷물이 빠지고 난 뒤, 마을로 달려가 사방을 뒤졌지만 초코는 보이지 않았습니다. 저 멀리에 달려오는 엄마만이 보였지요.

"불쌍한 초코, 불쌍한 오필리아."

마을 사람들은 자신들의 처지가 비슷함에도 이렇게 말하곤 했어요. 전에 오필리아와 초코가 노는 모습을 보고 있으면 웃음이 지어졌거든요. 그날부터 오필리아의 웃음은 많이 줄어들었어요. 대신 그녀는 엄마의 곁에만 꼭 붙어 있으려고 했죠.

"이젠 어디 가지 않으마."

오필리아가 안겨올 때마다 엄마는 온화한 미소를 지었어요.

그리고 세월이 흘러서 오필리아는 어른이 되었고, 마을도 정상적인 모습을 되찾아 갔습니다. 하지만, 엄마도 함께 나이를 먹어 어느새인가 할머니가 되어있었지요. 심지어 몇 달 전부터는 다섯 살 아이인 것처럼 행동하기 시작했어요. 오필리아는 하는 수없이 혼자서 꽃을 파는 일을 했답니다. 쉽지는 않았지만, 엄마가 꽃을 볼 때만은 예전 모습으로 돌아간 것 같아 힘이 났지요.

그러던 어느 날, 평소와 같이 오필리아가 엄마에게 인사를 드리고 나가려는데 엄마의 목소리가 들렸어요.

"나의 오필리아."

평소와는 다른 목소리라 오필리아는 놀라서 엄마를 봤어요.

"엄마!"

"너에게 부탁이 하나 있단다."

"말씀하세요."

"이 엄마에게 수련을 따다 주면 좋겠구나."

오필리아는 난감했어요. 하필이면 수련이라니! 물을 무서워한다는 걸 알고 계실 텐데 그런 부탁을 하셨다는 게 당황스러웠어요.

"다른 꽃은 안 되는 건가요?"

오필리아는 혹시나 엄마 마음을 돌릴 수 있을까 물었어요.

"언니, 아직 안 갔어?"

수련을 따다 달라던 엄마는 온데간데없이 사라지고 다

섯 살의 어린아이가 대신 말했습니다. 오필리아는 하는 수 없이 집 밖으로 나와 산으로 향했어요. 후들거리는 다리에 힘을 주며 우선 주변에 있는 팔 꽃들을 땄지요. 그러다 오후가 되어, 오필리아는 호수 쪽으로 갔어요. 수련을 따야 하니까요. 온몸이 떨리기 시작했습니다. 쿵쾅거리는 심장 소리가 발소리보다 컸어요.

'이러다 물에 빠지면 어떡해? 아니야, 호수 주변에만 발을 잘 디디면 돼.'

오필리아는 숨을 크게 들이쉬었다가 내뱉었어요. 지금까지 딴 꽃이 꺾일 정도로 줄기를 세게 쥐었지요. 호수에 뜬 붉은 수련에 손이 닿으려는 순간,

두 다다다, 퍽!

작은 동물같은 무언가가 빠르게 달려와 오필리아와 부딪혔어요.

풍덩!

그대로 오필리아는 호수에 빠졌고, 발버둥을 쳤어요. 이것은 꿈이라며 아무리 부정해 보아도 물살이 느껴졌고, 힘이 쭉 빠지기 시작했습니다.

'아, 난 죽겠구나.'

오필리아는 정신을 잃었어요.

얼굴에 축축한 무언가 닿는 느낌에 눈을 떴을 땐, 놀랍

게도 초코가 얼굴을 핥고 있었답니다. 오필리아는 반갑고 서러운 마음에 초코를 껴안고 눈물을 흘리며 주변을 돌아봤어요. 처음 보는 장소였어요. 그런 오필리아를 향해 한 남자가 천천히 다가왔습니다. 어딘가 익숙한 느낌에 오필리아는 가만히 남자를 쳐다봤어요. 남자는 웃으며 입을 열었답니다.

"오필리아, 나는 너의 아빠란다."

오필리아는 그 말을 듣고 너무 놀라 눈이 동그래지고 입이 벌어졌어요. 지금까지 아빠는 돌아가신 줄 알았거든요.

"믿기지 않겠지만 들어주렴. 나와 너의 엄마는 인어란다. 초코는 그 날 물에 떠밀려 헤엄치던 것을 발견해서 내가 데리고 왔지. 엄마가 지금 이상한 것은 오랫동안 바닷물에 들어가지 않았기 때문이야. 무슨 이유인지 여기도 전혀 오지 않더구나. 돌아가면 엄마와 바다에 와 줄 수 있겠니?"

놀란 상태에서 한꺼번에 이런저런 소리를 듣다 보니 머리가 어지러웠지만 '바다'라는 소리를 듣고 오필리아는 정신이 번쩍 들었어요.

"저는 물 공포증이 있는 걸요! 지금까지 저를 찾지도 않으셨잖아요. 저는 집에 돌아가지도 못할 거라고요. 아빠가 직접 가시는 방법은 생각 안 해보신 거예요?"

"나는 이곳을 지켜야 해서 가지 못해. 너희 엄마가 너에게 육지를 보여주고 싶다고 고집을 부려서 어쩔 수 없이 엄마와 너를 육지로 보낸 거란다. 너도 우리의 피가 흐르니 수련을 먹으면 인어가 될 수 있어. 이제는 바다로 가야 할 때란다. 여기서 나가도록 도와줄 테니 내 말을 들으렴."

그 말을 듣고 주변을 둘러보니 집들과 사람들이 보였어요. 물은 생각만 해도 심장이 쿵쾅거렸지만 오필리아는 아빠의 말을 믿기로 했어요. 아빠는 오필리아에게 따 온 수련을 먹으라고 했어요. 수련을 먹은 후, 속에서 구역질이 났지만 엄마를 생각하며 참았습니다.

아빠는 다 먹은 것을 확인하더니, 호수로 가자며 오필리아에게 손을 내밀었어요. 아빠 손을 잡았지요. 한 발자국, 한 발자국. 호수 안으로 들어가기 시작했어요. 물이 무릎까지 갔을 때 정말 도망가고 싶었지만 눈을 감으며 버텼지요. 물이 배까지 찼을 때, 다리가 달라진 느낌이 났습니다.

"몸의 힘을 빼고 눈을 감거라."

아빠가 말했어요. 오필리아가 힘을 빼고 눈을 감자 아빠는 오필리아를 눕혔답니다. 완전히 눕힌 뒤, 아빠는 호수를 빠져나갔어요. 그리곤 눈을 뜨라고 외쳤지요. 오필리아가 눈을 떴을 땐 주변 풍경이 보였어요.

하늘의 구름과 힘찬 날갯짓을 하는 새, 호수로 손을 뻗는 나무들이 보였습니다. 오필리아는 '물도 그렇게 무서운 것만은 아니구나.' 하고 생각했어요. 그렇게 물 밖으로 나가자, 아빠는 웃으며 집으로 가는 길을 알려주었지요.

오필리아는 아빠에게 인사를 하고 꽃들을 움켜진 손으로 헤엄을 치며 집으로 갔습니다. 물이 뚝뚝 떨어지는 몸으로 문을 벌컥 열자 엄마가 평소와 같은 미소로 쳐다보았어요. 오필리아는 꽃을 내밀며 소리쳤답니다.

"엄마! 이제 우리 바다로 가요!"

김수진 작 〈Ophelia〉

The Way to Sea

Seulyi Cha

Splash, Woosh!

It's the sound of waves from Ophelia's village. It may sound pleasant to others, but not to Ophelia. Because she has Aquaphobia.

She didn't fear water from start. When she was two, she went to pick up shellfish and she even started to swim when she was four.

At the age of seven, her mother went to sell flowers across the ocean, and Ophelia went to the mountain to pick flowers, a tsunami hit her village. That day, the village that Ophelia looked at was miserable. Some villagers were running to the mountain, at the same time the others were drowned in the seawater. The sea seemed to swallow people. Then Ophelia suddenly remembered her puppy.

"Has anyone seen my puppy Choco?"

People didn't have time to worry about her puppy. They were out of their minds. They just shook their heads. Ophelia sat down and burst into tears. Choco was the only good friend in the world. At that moment, there was no mother to pat her on the back.

After the seawater had gone out, Ophelia ran to the village and searched everywhere, but there was no Choco. She could only see her mother running to her.

"Poor Choco, poor Ophelia."

The villagers would say this even though they were in a similar situation. It was always delightful to see Ophelia and her dog playing together, but now that the dog is gone missing, everything changed. From that day on, Ophelia lost her laughter. Instead, she never left her mother's side.

She tried to stay close to her mother.

"Don't worry, I won't go anywhere again."

Whenever Ophelia comes, her mother gently smiled.

So Ophelia became an adult, the village regained its normal appearance, and her mother became an old woman. She even started to act like a 5-year-old from a few months ago. Ophelia had to work selling flowers by herself. It wasn't easy but she was encouraged when her mother looked at the flowers. For a second it looked as if her mother was back to her normal self.

Then one day, as usual Ophelia greeted her mother and tried to leave, but she heard her voice.

"My Ophelia."

The voice was unusual, so she looked at her mother in surprise.

"Mom!"

"I have a favor to ask of you."

"Please speak."

"I wish you could pick me the water lily."

Ophelia was at a loss. Of all things, the water lily! She probably knew that Ophelia is afraid of water. Nevertheless, she was embarrassed that her mom made such a request.

"Can't I bring other flowers?"

Ophelia asked her mother if she could change her mind.

"Why are you still here, sister?"

Her mother who wanted flowers just a minute ago had disappeared and a five-year-old child was talking instead. Ophelia had to get out of the house and head for the mountains. She gave strength to her trembling legs and picked some flowers to sell. In the afternoon, she went to the lake. She needed to pick the water lily. Her whole body started shaking. The pounding sound of her heart was louder than her footsteps.

'What if I fall into the water? No, I only have to step around the lake.'

Ophelia took a deep breath and took it out. She held the bundle of flowers, that she had picked a while ago, so hard that the stems broke. The moment she was reaching for the red water lily on the lake.

Dadada, Burp!

Ophelia's body flew because something that looked like a small animal ran up fast and crashed.

Plonk!

Ophelia fell into the lake, and Ophelia struggled to escape. No matter how much she deny it, she felt the current, and she began to lose strength.

'Oh, I'm gonna die.'

Ophelia lost consciousness.

When she awoke to feel something wet on her face, to her surprise, Choco was licking her face. Ophelia looked around in tears as she hugged Choco in her glad and sad heart. It was her first time seeing it. There was a man walking slowly around her. Feeling familiar, Ophelia quietly looked at the man. The man smiled and opened his mouth.

"Ophelia, I'm your father."

Ophelia was shocked. Because, until now, she

thought he was dead.

"It might be hard to believe, but listen. Me and your mother were merpeople. I found Choco swimming in the sea that day and brought him. What's strange about your mother is that she hasn't been in the sea for a long time. For some reason she never came back. Can you come to the sea with your mom when you go back home?"

She felt dizzy when she heard the story. Moreover, Ophelia was very confused when she heard the word 'sea'.

"I am aquaphobic! You haven't even looked for me. I won't even be able to go home. Haven't you thought about how to get there yourself?"

"I can't go because I have to protect this place. Your mom insisted that she wanted to show you the land of people and that's the reason she took you down to the village. You can also become a mermaid if you eat water lily, because our blood flows in your body. It's time to come back to the sea. I'll help you to get home, so listen to me."

After listening to what he had to say, Ophelia looked around. She saw houses and people. Her heart was pounding just to think about water, but Ophelia decided to believe him. He told her to eat her water lily. After swallowing the flower, she felt sick inside, but she held it on thinking about her mom.

He checked her and held out a hand to Ophelia to go to the lake. She took her father's hand. One step a time, she started to walk into the lake. She really wanted to run away when the water reached her knees, but she kept her eyes closed. When the water was full to the stomach, her legs felt different.

"Relax your body and close your eyes."

Said her father. When Ophelia lost strength and closed her eyes, he laid Ophelia down.

After laying her all down, he got out the lake. And he yelled for her to open her eyes. When Ophelia opened her eyes, she could see the surrounding scenery.

She saw clouds in the sky, birds with powerful wings, and trees reaching out to the lake. Ophelia thought the water wasn't all that scary. Then she got out of the water, he showed her the way home.

Ophelia bowed to her father and swam home with her hands grabbing the flowers. She burst into the door, her body dripping with water and her mother looked at Ophelia with her usual smile. Ophelia held out the flowers and shouted.

"Mom! Let's go to the ocean now!"

말하는 꽃들의 들판

편예영

옛날 옛적 유럽의 어느 산골에 말하는 꽃들로만 이루어진 들판이 있었답니다.

사람들은 꽃들을 매우 좋아했어요. 그래서 그 주변에 마을을 이루어 살기도 했답니다.

어른들이 사냥을 가고 요리를 할 때 아이들은 들판에 모여 소꿉놀이도 하고, 꽃들과 이야기도 했어요.

그중에서도 리아는 유난히 들판의 꽃들과 더 친했어요. 리아의 부모님이 일찍 돌아가시는 바람에 리아를 불쌍하게 생각한 꽃들이 더 아껴주었기 때문이에요.

"꽃님, 오늘도 또 왔어요!"

"안녕, 리아! 오늘은 무슨 이야기를 들려줄까?"

"저번에 들려주셨던 여우 이야기 더 해주세요."

"그래, 그래. 여우는 포도나무 주위를 계속⋯."

〈아르장퇴유 부근의 개양귀비꽃〉

클로드 모네 (1840~1926)

제작 1873년

기법 캔버스에 유채

크기 50 x 65 cm

소장처 오르세 미술관

그러던 어느 날 평화로울 것만 같던 마을에 좋지 않은 일이 생겼어요. 바로 마을에 가뭄이 든 거예요! 그 넓던 호수가 메마르고 땅이 쩍쩍 갈라졌지요. 많은 사람들이 물이 없어 탈수로 죽어나갔지요. 아이들도 더 이상 밖에 나와서 놀지 않았어요. 어른들도 물을 구하러 산 아래까지 먼 거리를 왔다 갔다 했어요.

그런데 이상하게도 말하는 꽃들이 있는 들판만 가뭄임에도 멀쩡한 게 아니겠어요? 마을 사람들은 이 사실을 이상하게 여겼어요.

"아니, 어떻게 그 들판의 꽃들만 멀쩡할 수가 있지?"

"그러니까 말이야. 주변의 나무들도 말라비틀어지는데 꽃들은 더 싱싱해 보인다니까."

"혹시 그 꽃들이 우리들의 물을 다 빨아들이고 있는 게 아닐까?"

사람들은 들판의 꽃들을 의심했어요. 그리고 결국 들판을 불태우기로 했지요. 리아는 어른들이 나누는 대화를 들었어요.

"꽃님, 어서 도망쳐요. 사람들이 들판을 태워 버린대요."

"리아, 그럴 리가 없잖아."

"아니에요. 제가 방금 듣고 왔는걸요. 내일 다 태워버린다고 했어요."

　꽃들은 믿기지 않았어요. 실망이 이만저만이 아니었어요.

　꽃들은 숲속 깊숙이 들어가 버렸어요. 그 어떤 사람도
찾을 수 없게 꼭꼭 숨어버렸어요. 그 날 이후로 말하는 꽃
들은 숲속에 숨어 살게 되었어요. 더 이상 사람들 앞에 나
타나지 않게 되었지요.

편예영 작 〈Coquelicots, environs d'Argenteuil〉

A Field of Talking Flowers

Yeyeong Pyun

Once upon a time, there was a field of talking flowers in the mountains of Europe.

People loved the flowers very much. So, people used to live in a village. When adults went hunting and cooking, the children gathered in the field and played house and talked to the flowers.

Lia was especially close to those flowers. Her parents died early, and the flowers that felt sorry for her loved her even more.

"Flowers, I'm here today!"

"Hi, Lia! What stories would you like me to tell today?"

"Tell me more about the fox that you were telling

me before."

"Okay, the fox keeps looking around the vine⋯."

One day there was a drought in such a peaceful village. The wide lake dried up and the ground cracked all over. Many people died of dehydration because of lack of water. The children didn't play outside anymore, either. Adults also traveled a long way down the mountain to get water.

But aren't you curious to why fields with the strange-talking flowers are still fine even though the entire area is suffering from drought? The villagers found this strange.

"Well, how come only the flowers in that field are intact?"

"The trees around the flowers are dried up, but the flowers look even fresher."

"Are they sucking all our water out?"

People doubted the flowers in the field. And they decided to burn the field. Lia has dropped this fact.

"Run away, flowers. People will burn the fields."

"No way."

"It' true. I just heard them saying they'll burn the field tomorrow."

The flowers that listened to Lia were very disappointed.

And they went deep into the forest. So the villagers couldn't find any of the flowers. Up to this day, the flowers still live in the woods. Talking flowers no longer appear in front of people.

달빛 미소

이수경

아름다운 풍경과 새들이 어우러져 사는 동네에 엘리스가 살았습니다. 엘리스는 매우 가난했습니다. 엘리스의 부모님은 일을 하시느라 바빠서 엘리스와 놀아줄 시간이 없었습니다. 엘리스는 부모님이 돌아오시는 밤이 되기만을 기다렸습니다.

어느 날이었습니다. 여느 때처럼 엘리스의 부모님은 일을 나가셨습니다. 엘리스는 간단히 먹을 것을 챙겨 집 앞에 있는 작은 언덕으로 올라갔습니다. 엘리스는 앉아 생각에 잠겼습니다. 주위에 있던 새들이 날아왔습니다. 그리고 엘리스에게 물었습니다.

"엘리스야, 무슨 일 있니?"

엘리스는 기운이 빠진 채 대답했습니다.

"나랑 같이 놀 사람이 없어."

〈물뿌리개를 든 소녀〉
피에르 오귀스트 르누아르(1841~1919)
제작 1876년
기법 캔버스에 유채
크기 73 x 100 cm
소장처 워싱턴 내셔널 갤러리

"그래? 우리랑 같이 놀래?"

엘리스는 새들과 놀았습니다. 새들이 내는 아름다운 노랫소리에 맞춰 노래를 부르기도 하고 같이 나무에 올라가기도 했습니다. 신나게 놀다 보니 어느덧 밤이 되었습니다. 엘리스는 서둘러 언덕에서 내려와 집으로 돌아왔습니다.

'엄마 아빠가 오시면 오늘 있었던 일들을 얘기해야지!'

조금 후 엘리스의 부모님이 돌아오셨습니다.

엘리스는 부모님에게 쪼르르 달려갔습니다.

"엄마! 아빠! 오늘 나한테….'"

엘리스는 말을 멈추었습니다. 부모님은 몹시 피곤해 보였습니다. 어깨는 축 늘어져있었습니다.

"엘리스야, 뭐라고 했지? 계속 말해 보렴.'"

"아니에요, 아무것도.'"

엘리스는 일을 하느라 힘들어 하시는 부모님을 보니 말을 할 수 없었습니다.

다음 날 아침이 되었습니다. 엘리스는 언덕으로 올라가 생각에 잠겼습니다. 이번에도 새들이 날아와 물었습니다.

"엘리스야, 엘리스야, 무슨 일 있니?'"

"이번에는 너희들이 해결해 줄 수 없어." 새들은 어리둥절했습니다.

"무슨 일이야? 말해봐, 엘리스야."

엘리스는 한숨을 쉬며 대답했습니다.

"엄마 아빠가 쉬지 못하고 일을 하고 돌아와 힘들어 보이셔. 내가 이야기를 하려고 해도 못 하겠어. 어떻게 하면 엄마 아빠가 힘을 낼 수 있을까?"

"저런. 그렇구나. 어떻게 하면 좋을까?"

새들은 안타까웠습니다. 해결할 수 있는 문제가 아니라는 것을 알았기 때문입니다. 하지만 엘리스는 새들이 같이 고민해주는 새들이 고마웠습니다.

엘리스는 밤새 뒤척이다 잠이 들었습니다.

날이 밝아왔습니다. 집안으로 햇볕이 내리쬐었습니다. 엘리스는 눈을 떴지만 누워 있었습니다.

그때! 문득 생각이 떠올랐습니다. 엘리스는 서둘러 언덕으로 올라갔습니다. 새들과 나무들, 꽃들이 허둥지둥 올라오는 엘리스의 모습을 지켜보았습니다. 엘리스는 숨을 헐떡이며 말했습니다.

"새들아, 꽃들아, 나무들아, 내가 좋은 방법을 찾았어. 엄마 아빠가 힘낼 수 있는 방법 말이야!"

"정말? 무슨 방법인데?"

엘리스는 말을 이어갔습니다.

"엄마 아빠가 쉬지 않고 일하시니까 내가 힘이 되어 드

리는 거야. 집을 예쁘게 꾸미고 노래도 불러주면서 꽃도
선물하고 말이야!"

"오, 좋은 방법인데?"

"그렇게 하려면 너희들의 도움이 필요해."

"그래, 그래. 얼마든지 도와줄게."

엘리스는 아름다운 꽃들에게 말했어요.

"꽃들아, 아름다운 꽃들아, 잠시 너희의 아름다움을 빌
려줄래?"

엘리스는 우직한 나무들에게 말했어요.

"나무들아, 우직한 나무들아, 너희의 열매를 나한테 빌
려줄래?"

엘리스는 새들에게 말했어요.

"새들아, 노래하는 새들아, 오늘 나와 함께 노래해 줄
래?"

꽃, 나무, 새들이 대답했어요.

"그럼, 그럼."

"얼마든지!"

"도와주고말고!"

엘리스는 호리병에 아름다운 꽃들을 꽂았어요. 나무에
게 빌린 열매는 식탁 위에 올려놓았지요. 커튼은 먼지를
털어 달빛이 충분히 들어올 수 있도록 묶어 놓았어요. 모

든 것이 완벽했어요. 엘리스는 모든 준비를 마치고 엄마 아빠를 기다렸어요.

끼익,

문이 열렸어요. 엘리스는 새의 노랫소리에 맞춰 노래를 불렀어요.

"라라라라"

엄마 아빠는 깜짝 놀랐어요. 아빠가 웃으며 말했어요.

"엘리스, 우리를 위해 준비했니?"

"그럼요, 아빠. 엄마 아빠 힘내세요."

"정말 고맙구나. 힘이 불끈불끈 나는 걸?"

"하하하하"

엘리스와 엘리스의 엄마 아빠는 다함께 웃었어요.

그날 밤 달빛 아래 엘리스와 엄마 아빠의 입가에 미소가 번졌습니다.

주민주 작 〈A Girl with a Watering Can〉

A Moonlight Smile

Sugyeong Lee

In a town where beautiful scenery was in harmony with birds, Alice lived. Alice was very poor. As her parents had to work, they had no time to play with their child. Alice waited for the night to come when her parents returned home.

One day, like any other days, Alice's parents went to work. Alice packed something to eat and went up to hills in front of her house. Alice sat there, lost in thoughts. Then, birds flew around her and asked,

"Alice, What keeps you worried?"

Alice answered with low spirits.

"I don't have any friends to play with."

"Well, how about playing with us?"

Alice got along with birds. Singing songs to the rhythm that birds sang and climbed the tree. It went dark in no time. Alice hurried down from the hills and went back home.

'I'll tell mom and dad what I did today.'

After a while Alice's parents came back from work.

Alice ran to them and said,

"Mom, dad! Today I⋯."

Alice couldn't continue. Her parents looked very tired. Their shoulders were drooping.

"Alice, what were you going to say?"

"No, nothing."

Alice couldn't say anything to their parents as they looked tired because of work.

The next morning Alice went up to hill and lost in thought. The same birds flew toward her.

"Alice, Alice, what keeps you worried again?"

"This time you can't help me."

Birds were puzzled.

"Why is that? Just tell us about it."

Alice answered giving a sigh.

"Mom and dad looked very tired because they work without rest. I can't have a talk with them although I wanted to. What should I do to cheer them up?"

"Oh. What a pity."

Birds felt sorry for her. It's because they knew this problem was hard to solve by themselves. But Alice thanked the birds for their consideration. Alice tossed turned all night.

The days became bright. The sunlight beat down the house. Alice opened her eyes but kept lying on her bed.

Then! An idea flashed through her mind. Alice hurriedly ran up to hill. The birds, trees and flowers saw Alice running. Alice, out of breath, said,

"Hey birds, trees and flowers, I have a wonderful idea! The way to cheer my parents up!"

"Really? What idea?"

Alice kept speaking.

"To give them energy. For example, decorating the house beautifully, singing a song, and giving them a beautiful flower."

"Oh, that's wonderful."

"Then I need your help."

"Of course. We can help as much as you want."

Alice asked to the beautiful flowers.

"Flowers, beautiful flowers, please lend me your beauty for a while?"

Alice asked the simple honest trees.

"Trees, simple honest trees, can you lend me your fruit?"

Alice asked the singing birds. "Birds, singing birds, can you sing a song with me today?"

Birds, trees and flowers answered.

"Of course!"

"As much as you want!"

"We will help you!"

Alice put beautiful flowers in a gourd bottle.

The fruit borrowed from the tree was placed on

the table.

Sealed the curtains to allow sufficient moonlight to enter. Everything was perfect. Alice waited for her parents with fluttered mind.

Squeak.

The door opened. Alice started to sing a song with birds.

"La la la la"

Mom and dad were surprised. Alice's dad laughed and smilied.

"Alice, did you prepare all this for us?"

"Yes! Mom, Dad, cheer up!"

"Oh, thank you very much. How kind of you. I feel the power on me."

"Ha ha ha ha"

Alice and her parents laughed together.

That night there was a smile on the lips of Alice and her mom and dad under the moonlight.

우의 상상

장현지

하늘은 파랗고 벼들은 노랗게 익은 가을이었어요.

"봄에도 눈코 뜰 새 없었는데 더 바쁜 가을이 왔네. 날씨가 이렇게 좋은데 오늘도 일을 해야 한다니….”

소 '우'는 자신의 신세가 한탄스러웠어요. 몇 시간째 일을 하던 우는 쉬는 시간이 반가웠어요. 쉬고 있던 우는 깜빡 잠에 들었어요.

그리고 몇 분 뒤 자신을 부르는 소리에 우는 눈을 번쩍 떴어요.

"우야, 우야, 정신 좀 차려봐!”

"어우 깜짝이야! 무슨 일인데?”

"지금 다 모여서 회의하고 있어.”

우의 친구, 소 '지'가 말했어요.

"무슨 회의를 한다는 거야?”

〈추수 풍경〉

빈센트 반 고흐 (1853~1890)

제작 1886년

기법 캔버스에 유채

크기 72.5 x 92 cm

소장처 반 고흐 미술관

"쉿! 사람들이 들을 수도 있으니까 조용히 하고 따라와."

우는 당황스러웠지만 지를 따라갔어요.

지를 따라간 곳은 동네에 소란 소들은 모두 모여 있었어요.

"아니, 그럼 이건 어때?"

"아니야, 이게 낫겠어."

우는 소들의 대화에 귀를 기울였어요.

"이제부터 우리는 놀기만 하면 되는 거야?"

"엇, 우리가 일을 안 해도 된다고?"

우가 말했어요.

"그래. 곰곰이 생각해 봤는데 아무래도 이렇게는 못 살아. 사람들이 직접 일을 하게 만들자."

"어떻게?"

우는 궁금해졌어요.

"내가 잘 아는 기계공 거미가 있어. 농기구를 만드는 거야! 우리가 일할 필요가 없게!"

소들은 동시에 '음매' 소리를 내며 환호했어요.

그날 밤 이후로 소들은 농기구 설계를 위한 비밀회의를 진행했어요. 자기들이 농사를 하며 느꼈던 불편한 점들을 지적하면서 말이죠. 그렇게 하루, 이틀, 사흘….

한 달 후 소들은 드디어 농기구 설계를 마쳤어요. 그리고 숲속 깊은 곳에 사는 기계공 거미를 찾아갔죠.

"거미야, 전에 말했던 설계도야. 잘 만들 수 있지?"

"당연하지. 나만 믿어."

거미의 도움을 받은 소들은 최첨단 농기구를 완성했어요. 그리고 익명으로 그 농기구들을 팔기 시작했죠. 사람들은 처음에는 비싸다고 고개를 흔들더니 하나둘 농기구들을 사기 시작했어요. 엄청나게 많은 농기구들이 팔리고 거미와 소들은 돈을 많이 벌었답니다. 더 이상 일 할 필요가 없어졌어요.

"아, 한가롭다. 역시 쉬는 게 최고야."

"맞아. 근데 너무 할 일이 없어서 심심하기까지 하다."

소들은 모두 우리에서 쉬고 있었어요.

그때였어요.

"다른 소들과는 달리 좋은 먹이만 먹여서 아주 건강하답니다."

주인아저씨가 처음 보는 사람들과 함께 우리로 들어왔어요.

"음, 확실히 상태가 좋기는 하네요. 한 마리당 얼마라고 하셨죠?"

우와 소 친구들은 이상하다고 느끼기 시작했어요.

"그건 이따가 다시 정하도록 하고 일단 트럭으로 옮기는 게 좋겠어요."

집집마다 외양간들은 텅 비어갔어요. 소들은 어딘가로 팔려갔어요.

드디어 우의 차례가 되었어요. 우는 몸을 비틀었어요.

"아니 이게 뭐야. 무슨 일이지?"

"우리가 쓸모없어져서 그런가봐. 다들 어디로 끌려간 거지? 이건 너무 한 거 아니야?"

"이제 어떡해?"

소들은 어쩔 줄을 몰랐어요. 힘없이 끌려가는 수밖에.

"아저씨, 잠깐만요!"

소들은 트럭으로 끌려갔고 한 마리씩 창살로 들어갔어요. 소들은 비명을 질렀지만 사람들에게는 '음매'로 밖에 들리지 않았어요.

"우리 이제 어떻게 해…. 살려주세요, 살려줘!"

우는 울먹거리며 울부짖었지만 사람들은 알아들을 수 없었어요.

그때 누군가 우의 몸을 흔들기 시작했어요. 우는 따뜻한 햇살에 눈을 찌푸렸어요. 따스한 바람이 우의 뺨을 스쳤지요. 눈을 떠 보니 하늘은 파랗고 벼는 노랗게 익은 마을이 보였어요.

우가 자기도 모르게 말했어요.

"휴, 다행이다."

김수민 작 〈Harvest Landscape〉

Woo's Imagination

Hyeanji Jang

The sky was blue and the rice plants were ripe in autumn.

"I was so busy in spring that I could hardly afford autumn. The weather is so nice but I have to work today…."

'Woo' the cow, lamented his own misfortune. After working for hours, he was glad to have a break. He could not help but fall asleep.

A few minutes later, he burst into tears at the sound of her calling.

"Woo, Woo, wake up!"

"Oh my God! What happened?"

"We're all meeting now."

Woo's friend, 'Ji' said.

"What kind of meeting are you going to hold?"

"Shh, shh, shh. Be quiet and follow me."

Even though he was embarrassed, he followed the path.

All the noisy cows in the neighborhood were there.

"How about this one?"

"No, this is better."

The cows were all ears.

"Do we just have to play from now on?"

"Oh, we don't have to work?"

Said Woo.

"Yes, I've thought about it and I can't live like this anymore. Let's make people work for themselves."

"How?"

He got curious.

"There is a spider that I know very well. Let's make farming tools! And then we don't have to work!"

The cows shouted 'moo' at the same time.

From that night on, the cows held a secret meeting to design farming tools. They pointed out the inconveniences that they experienced in farming. A day, two days, three days have passed….

A month later, the cows finally finished designing their farming tools. And they went to the spider who was a mechanic that lived deep in the forest.

"Spider, this is the blueprint I told you about earlier. Can you make it well?"

"Of course. Trust me."

With the help of the spider, the cows completed the cutting-edge farming tools. And they started selling them anonymously. People shook their heads at first to say that it was expensive, but they started buying farming tools one by one. Huge numbers of farming tools were sold. Spider and cows made a lot of money. They didn't have to work anymore.

"Oh, it's leisurely. Resting is the best thing to

do."

"Yes, but I have nothing to do and I am even more bored than before."

The cows were all resting in the barn.

It was then.

"Unlike other cows, they are very healthy because they only eat good food."

Their owner came into the barn with people they have never seen before.

"Well, it's definitely in good shape. How much is it per cow?"

Woo and cow friends started to feel strange.

"We'd better decide it again later and move it to the truck for now."

In every house, the bangers were empty. The cows were sold to someplace.

It's finally time for Woo. He twisted his body.

"What is it? What's going on?"

"I guess it's because we've become obsolete. Where did they all go? Isn't this too much?"

"Now what?"

The cows were at their wit's end. They'll have to be dragged weakly.

"Wait a minute, man!"

The cows were taken to a truck and one by one entered a cage blocked by bars. The cows screamed but only heard as 'moo' to people.

"What are we going to do now? Help me, help me!"

Woo cried out in tears, but people couldn't understand him.

Then someone started shaking the body of Woo. He could feel the warm sunshine and wind. When he opened his eyes, he saw a village where the sky was blue and rice was ripe yellow.

Woo said it in spite of himself.

"Phew, thank God."

〈그랑드 자트 섬의 일요일 오후〉

조르주 피에르 쇠라 (1859~1891)

제작 1884 ~ 1886년

기법 캔버스에 유채

크기 207.5 x 308 cm

소장처 시카고 아트 인스티튜트

수수께끼

황지현

밖은 정말 화창했습니다. 많은 사람들이 좋은 날씨를 즐기기 위해 나와 있었습니다. 집에서 10분 정도 걸으면 공원입니다. 공원은 사람들로 북적북적 거렸습니다. 요트를 타는 사람, 사진을 찍는 사람, 강아지와 산책을 즐기는 사람, 사랑하는 연인들, 멍하니 호수를 바라보고 있는 사람. 각자 다른 모습으로 그들만의 여유 있는 시간을 보내고 있었습니다.

제니는 오늘도 잔디 위에 꽃을 바라보며 앉아 있었습니다. 그때 제니 옆으로 한 아이가 앉습니다. 그 아이의 이름은 메리였습니다.

"저, 넌 이름이 뭐야? 나는 메리야. 나랑 놀지 않을래?"

"좋아. 나는 제니야!"

매주 토요일마다 제니는 이곳에 옵니다. 재미있는 곳도

많이 알고 있습니다. 이곳을 잘 알고 있는 제니 덕분에 메리는 재미있는 시간을 보냈습니다. 어느새 해가 저물었습니다.

"이제 집에 갈 시간이야."

"싫어, 더 놀자."

"그럼 주말에 다시 만날래?"

"그래!"

아쉬운 마음을 뒤로 한 채 둘은 헤어졌습니다. 다시 주말이 왔습니다. 제니가 공원에 도착했을 때 메리는 이미 와 있었습니다. 메리는 비눗방울을 가지고 놀고 있었습니다.

"우와, 비눗방울이다!"

"이것 봐 봐. 안 터진다?"

"신기하다! 이거 타고 날아가고 싶다."

"응? 어디로?"

"우리 아빠 있는 곳으로."

"아빠가 어디 계신데?"

"캐나다. 몇 년 전에 일하러 가셨어."

제니는 아빠의 얼굴을 잘 기억하지 못합니다. 항상 아빠의 사진을 보며 그리워합니다. 아빠와 함께 노는 상상도 해봅니다. 매주 토요일, 제니는 아빠에게 말린 장미와 함께 편지를 보냅니다. 메리를 만난 날도 편지를 보냈습니다. 하지만 아직까지 답변을 받지 못했습니다. 실망하기도 했고 속상하기도 했지만 제니는 아빠의 편지를 기다리는 걸 포기하지 않습니다.

메리와 헤어진 뒤 제니는 터덜터덜 집으로 돌아왔습니다. 집 앞 우체통에서 발걸음이 멈췄습니다. 우체통 안에는 한 장의 편지가 들어 있었습니다. 두근거리는 마음으로 제니는 편지를 열어 보았습니다. 하지만 제니는 곧 고민에 빠지게 되었습니다.

'이게 뭐야?'

편지 봉투 속에는 편지가 아닌 나팔꽃 다섯 송이가 들어 있었습니다.

'아무 말도 없고. 웬 나팔꽃?'

속상한 마음이 컸지만 편지를 받았다는 사실이 너무 기뻤습니다.

'아빠가 왜 나팔꽃을 보냈을까?'

결국 제니는 편지 생각 때문에 잠을 제대로 자지 못하였습니다. 다음날 우체통에는 또 다른 편지가 와있었습니다. 이번에는 종이에 잘라진 신문지가 덕지덕지 붙여져 있었습니다. 신문지에는 제니가 모르는 이상한 말이 써져 있었습니다.

'KE 767 13NOV15 10:30'

'이건 또 뭐야?'

제니의 궁금증은 더 커져만 갔습니다. 엄마에게도 물어봤지만 이것은 아빠가 와야지만 풀 수 있는 암호 같았습니다. 혹시 꿈에선 암호에 대한 힌트가 나오지 않을까 기대하며 잠이 들었습니다.

다음날 편지는 오지 않았습니다. 또 며칠이 지났습니다.

우체통에 편지가 있었습니다. 서둘러 편지를 열어보니 그 안에는 아빠가 의자에 앉아있는 사진이 있었습니다. 자세히 보니 사진은 비행기 안에서 찍은 것이었습니다.

'설마 아빠가 오는 건가?'

아빠가 온다고 생각하니 제니는 너무 기뻤습니다. 설레는 마음을 가득 안고 제니는 아빠의 전화를 기다렸습니다. 몇 시간 뒤 아빠에게서 전화가 왔습니다.

"여보세요, 아빠? 아빠, 집에 와?"

"어? 아이고 똑똑하네, 우리 딸. 가고 있어. 그동안 아빠가 교통사고를 당해서 답장을 빨리 할 수가 없었단다. 미안하다 딸."

"다친 거는 괜찮아요? 언제 도착해요? 온다고는 미리 알려주시지."

"이제 다 나았어. 아빠가 간다고 편지로 알려줬는데?"

"무슨? 아, 꽃하고 신문지?"

"그래. 아빠가 팔도 다쳐서 글씨를 못 써서 말이야. 우리 딸이랑 마음이 통할 줄 알았는데 내 기대가 너무 컸나?"

"이잉, 그걸 내가 어떻게 알아요?"

"엄마는 알았을 텐데 깜짝 놀라게 해주려고 말을 안 했나 보구나. 그럼 아빠가 알려줄게. 나팔꽃은 기쁜 소식이라는 꽃말을 가지고 있어. 그리고 신문지는 아빠 비행기 시간이었어."

"아하!"

이제야 모든 퍼즐이 맞추어지는 듯 했습니다.

아빠가 오시면 공원으로 놀러 갈 거예요.

김수진 작

〈A Sunday Afternoon on the Island of La Grande Jatte〉

Mystery

Jihyun Hwang

It was really sunny outside. Many people came out to enjoy the nice weather. It takes 10 minutes to walk to the park from home. The park was crowded with people. A man riding boat, a man taking pictures, a man who enjoy walking with a dog, a couple who love each other, a man who's zoned out. They were enjoying their relaxing time in different shapes.

Like any other days, Jenny was sitting on the grass looking at the flowers. At that moment, a girl sat next to Jenny. Her name was Merry.

"Um, What's your name? I'm Merry. Why don't you play with me?"

"OK. I'm Jenny!"

Every Saturday, Jenny came to the park. She knew a lot of fun places. Thanks to Jenny who knew everything, Merry had a lot of fun, too. The sun had set before they knew it.

"It's time to go home."

"No! Let's play more."

"Then, why don't we meet over the weekend?"

"Yes!"

Feeling sorry for parting, they each went back to their home. The weekend came. When Jenny arrived, Merry was already there.

"Wow! It's bubbles."

"Look at this. It doesn't pop!"

"It's amazing! I want to fly with them."

"Where?"

"To where my dad is."

"Where's your dad?"

"Canada. He went to work a few years ago."

Jenny doesn't remember his face well. Whenever she misses her dad, she looks at the picture of him.

She also imagined playing with her dad. Every saturday, Jenny had sent a letter to her dad with dried roses. She sent it even on the day she met Merry. But, she haven't received a letter yet. Being disappointed and upset, she didn't give up waiting for him to write her back.

After parting with Merry, Jenny went home without strength. She stopped walking in front of her house. There was a letter inside the mailbox. With butterflies in her stomach, Jenny opened the letter. But, Jenny soon got into trouble.

'What's this?'

In the letter, there were five morning glory flowers, not a letter.

'Why morning glory without saying anything?'

Though she was upset, she was very happy to receive the letter.

'Why did he send me morning glories?'

As a result, Jenny couldn't go to bed because of the letter. The next day, there was another letter in the mailbox. This time, there was a paper which was thickly plastered with newspaper. But, Jenny didn't know anything about the codes written on the newspaper.

'KE 767 13NOV15 10:30'

'What in the world is this?'

Jenny's curiosity grew bigger. She asked her mother, but it seemed like nobody could decode it except for dad. Jenny fell asleep hoping that she might get a hint about the password in her dream.

The next day, the letter didn't come. Another few days passed.

There was a letter in the mailbox. She hurriedly opened the letter and found a picture of her dad sitting on a chair. Looking at it closely, she found out that the picture was taken in the airplane.

'Don't tell me dad is coming back?'

Jenny was really happy to think dad is coming. With excitement, Jenny waited for her dad's call. A few hours later, she got a call from her dad.

"Hello, dad? Are you coming home?"

"Huh? What a smart girl. Yes, I'm coming. I

couldn't reply soon because I had a car accident. Sorry my daughter."

"Are you okay? When will you arrive? Let me know when you are going to be here."

"I'm okay know. And I told you in the letter."

"What? Oh, the flower and newspaper?"

"Yes. I couldn't write because I hurt my arm. I thought I would get along with my daughter. Was my expectation too high?"

"Come on dad, how could I decode it."

"Maybe mom had the answer. She just didn't tell because it might scare you. Then I will tell you. The meaning of morning glory is a good news and the newspaper code was my airplane time."

"Aha!"

Now all the puzzles seem to be making sense.

When dad comes home, Jenny will go to the park.

〈계단을 오르는 발레리나들〉
에드가 드 가스 일레르 제르망(1834~1917)
제작 1886 ～ 1888년경
기법 캔버스에 유채
크기 39 x 89 cm
소장처 오르세 미술관

내 꿈은 발레리나

조하은

"줄리아, 일어나! 발레 학원 가야지!"

"으음… 가기 싫은데….."

오늘도 저는 평소와 똑같은 아침을 맞이해요. 엄마가 절 깨우면 전 매일 부스스한 머리, 감은 건지 뜬 건지도 모를 눈으로 세수를 하죠. 아, 저는 다른 학생들과 좀 달라요. 저는 학교를 다니지 않아요. 학교에 다니는 대신 발레 학원에 다녀요. 제가 또래 친구들이랑 잘 어울리지 못해서는 아니에요. 공부를 너무 못해서도 아니고요. 그저 저는 엄마가 시키는 대로 할 뿐이에요.

엄마는 제가 유치원에 다닐 때부터 발레를 배우게 하셨어요. 이건 엄마한테 들은 건데요, 엄마는 유명한 발레리나였는데 다리를 크게 다쳐서 발레를 영원히 할 수 없게 되었대요. 지금은 그냥 평범한 회사에서 일하고 계세요.

엄마는 엄마가 못 이룬 꿈을 제가 대신 이뤄줬으면 좋겠다고 말해요. 저는 이런 엄마의 바람 때문에 발레를 열심히 해요.

"줄리아! 시간 다 됐잖아! 안 나오고 뭐 하니? 서둘러!"

엄마가 서두르라고 저를 재촉해요. 시도 때도 없는 엄마의 잔소리가 이젠 익숙해요.

"다했어. 지금 나가~"

제가 다니는 발레 학원은 집에서 1시간 거리에 있어요. 제가 매일 아침 일찍 일어나는 이유가 바로 이것이죠. 엄마는 회사에 출근하셔야 하는데도 매일 아침 저를 1시간 거리인 학원까지 데려다주세요.

"도착했다. 줄리아, 오늘도 파이팅! 최선을 다하렴."

"응."

"안녕하세요. 수잔 선생님."

"어머, 줄리아 왔니? 오늘은 일찍 왔네."

"오늘은 엄마가 회사에 일찍 가셨어요. 조금만 연습하고 올게요. 오늘 대회가 있는 날이잖아요."

"줄리아는 성실해서 아주 보기 좋아. 너무 무리하진 마렴."

오늘은 우리 발레 학원에서 주최하는 발레 대회가 열리는 날이에요. 저는 제가 노력한 것이 자랑스럽고 자신 있어요. 반면, 아마 불안한 제 마음을 숨기고 싶었던 것일지도 몰라요. 저는 대회가 두려워요. 1등을 못하면 어쩌지? 혹시 삐끗해서 넘어지면 어쩌지? 지금까지 연습해 온 것들이 무용지물이 되면 어쩌지? 엄마는 항상 1등을 강조하세요. 엄마는 제게 꼭 경쟁에서 우승해야 하고 1등만이 살아남는 거라고 말하시죠. 이번 대회에는 20명이나 출전한대요. 20명 중에 1명이 되어야 한다는 것은 저에게 큰 부담이거든요. 오늘 있을 경연대회를 위해서 세 달 동안 연습했어요.

이제 대회가 시작되려나 봐요. 너무 떨려요. 슬슬 배가 아파지기 시작했어요. 전 긴장을 할 때면 항상 배가 아프거든요. 저는 두 번째로 공연을 해요. 참가자들은 어제 제비뽑기로 순서를 정했어요. 첫 번째가 아니어서 다행이에요.

첫 번째로 공연하는 언니가 무대에 섰어요. 언니의 이름은 소피아이고, 저는 언니를 좋아해요. 소피아 언니는 예쁘고 발레도 잘해요. 게다가 착하기까지 해요. 또 제가 말을 걸 때 잘 대답해주고 항상 웃어줘요. 저는 소피아 언니를 닮고 싶어요. 그리고 소피아 언니 다음 순서가 저예요. 저는 제 공연이 소피아 언니의 공연과 비교되어 보일까봐 걱정돼요.

휴, 벌써 소피아 언니의 공연이 끝났어요. 이제 제 차례예요. 너무 떨려서 심장이 터질 것만 같아요. 저는 숨을 들이마셨다가 뱉었다가를 반복하면서 무대 위로 올라갔어요. 누구보다도 우아하게 말이에요. 무대 앞에 있는 학생들, 선생님들을 보니 너무 긴장이 돼서 눈을 질끈 감았어요. 깊은 심호흡을 몇 번 하니 긴장이 풀렸어요. 음악이 흐르기 시작했고 저는 사람들에게 제 능력을 보여주었어요. 음악이 끝나자마자 모두가 박수를 쳤어요. 너무 뿌듯하고 기뻤어요. 아마 제가 대회의 1등이 될 것 같아요.

제 뒤로 18명의 공연이 모두 끝나고 드디어 순위 발표를 하는 시간이 다가왔어요. 공연하기 전보다 2배는 더 떨려요.

사회자가 결과를 발표해요.

"오늘 대회의 1등은!"

사회자가 저를 쳐다보았고 저도 그녀를 쳐다보았어요. 그녀와 저의 눈이 마주친 3초 동안 저는 그녀가 저에게 말하는 장면을 상상했어요.

"열심히 했으면 된 거야, 줄리아."

왠지 모르게 기분이 나빴어요. 저는 이 걱정스러움을 달래기 위해 스스로를 위로했어요.

'당연히 내가 1등일 거야. 내가 공연을 마쳤을 때 박수 소리가 제일 컸어.'

곧이어 사회자의 입이 열렸어요.

"소피아!"

사회자의 입에서 '소피아'라는 말이 나오자마자 저는 울었어요. 전 펑펑 울면서 무대 밖 대기실로 뛰쳐나갔어요. 시간이 얼마나 지났을까요? 수잔 선생님이 저에게 오셨어요. 한참 저를 찾아다니셨나 봐요.

"줄리아, 어디 있었니. 한참 찾았잖아. 울지 마렴."

"전 1등이 되지 못했어요. 저는 발레리나가 될 자격이 없어요."

"넌 아주 멋진 공연을 보여줬어. 선생님은 다 알아. 줄리아가 얼마나 열심히 연습했는지. 하지만 항상 노력과 결과가 똑같이 따라오진 않아. 가끔은 내 뜻대로 안 될 때도 있고, 포기하고 싶을 때도 있어. 너는 이 고난을 이겨내야 해. 그러면 진정한 1등이 될 수 있어. 다음 달에도 대회가 있잖니. 선생님은 다음 대회 때 네가 더 좋은 결과를 얻을 수 있을 거라고 믿어."

"정말요? 제가 1등을 할 수 있을까요?"

"당연하지, 줄리아. 줄리아는 선생님이랑 포기하지 않겠다고 약속한 거야. 울음 그치고 집에 가야지. 어머니가 너를 기다리고 계셔."

참, 엄마를 잊고 있었어요. 선생님이 제가 대회에서 1등을 하지 못했다는 것을 엄마한테 다 말했겠죠?

큰일이에요. 엄마는 저에게 화를 내실 거예요.

저는 잔뜩 겁먹은 마음으로 계단을 하나씩 내려갔어요. 문 앞에 엄마가 서 계셨어요. 그런데 이게 웬일이죠? 엄마가 웃고 계셨어요.

"엄마, 왜 저한테 화를 안내세요? 전 1등이 아닌데."

"선생님한테 다 들었어. 학원에 일찍 도착할 때마다 혼자 연습하고 있었다며? 최선을 다했으면 된 거야. 엄마가 꼭 1등이어야 한다고 말한 건 그냥 줄리아가 열심히 연습하길 원해서 말한 거였어. 기회는 얼마든지 있어. 줄리아, 포기하지 마. 넌 충분히 잘하고 있고 잘할 거야. 엄마가 옆에서 응원해줄게."

저는 우리 엄마가 이렇게 따뜻한 사람인지 처음 알았어요.

"네가 발레리나가 되지 않더라도, 엄마는 널 사랑해, 줄리아."

나도 엄마에게 말했어요.

"나도 사랑해, 엄마."

주민주 작 〈Danseuses montant un escalier〉

My Dream is to be a Ballerina

Haeun Cho

"Julia, wake up now! You should go to a ballet class!"

"Umm… I don't wanna go…."

I have the same morning as usual. When my mother wakes me up, I wash my face with eyes that may or may not be visible and shaggy hair everyday. Ah, I'm a little different from the other students. I don't go to school. Instead of going to school, I go to ballet class. It is not because I don't get along with friends. And not because I'm not good at studying. I just do what mom tells me to do.

Mom made me learn ballet since when I was

in a kindergarten. I've heard something from my mother. Mom was a famous ballerina, but she could not perform ballet because she hurt her legs. She works in an ordinary company now. She said she wants me to fulfil her dream, the dream she couldn't achieve. I work hard on ballet because of my mother's hope.

"Julia! Time's up! What are you doing? Hurry up!"

Mom pinches me to hurry. I am familiar with mom's dead and gone nagging now.

"I'm done! On my way now～"

My ballet school is an hour away from home. This is why I get up early in the morning. Mom takes me to ballet school which is one hour distance everyday, despite her having to go to work.

"We're here. Julia, good luck to you! Do your best!"

"Okay."

"Hi, Mrs. Susan."

"Oh, Julia. You came early today."

"Mom had to go to work early today. I will practice for a little while. Because today, we have a ballet competition."

"I like your sincerity. Don't overdo it."

Today is the day of the competition which is organized by our ballet school. I am proud of my effort and I am confident. On the other hand, perhaps I want to hide my anxiety. I'm afraid of competitions. What if I don't win a first place? What if I fall with a screw loose? What if all the things I've practiced so far come to naught? Mom always emphasizes being number one. She tells me to win the competition and says that only winners can survive. 20 students participated in this competition. It is a big burden to me that I should be the one of 20 people. I practiced ballet for three months for the competition.

Competition is about to start. I'm so nervous. My stomach began to hurt. I always feel pain when I am nervous. I will go second. Participants decided their turn by drawing yesterday. I'm glad that I was not the first performer.

An older girl who is the first performer goes up on the stage. Her name is Sophia, and I like her. She is very pretty and good at ballet. Moreover, she is kind. She answers well when I talk to her and she always smiles. I want to be like her. And after Sophia is me. I'm afraid my performance will be compared with that of Sophia's.

Phew, Sophia's performance is already over. It's my turn. I feel so nervous that my heart feels like bursting out. I walk up the stairs breathing in and out. More elegant than anyone. I close my eyes because I am so nervous when I see students and teachers. I take a deep breath and soon after, it become relaxing. Music starts to flow and I show people my ability. I successfully perform my piece. As soon as the music is over, everyone applaud. I'm so proud and happy. Maybe, I will be the top one in this competition because people seemed to like my performance.

The 18 performance that followed are all over

and it is time for the announcement. I feel twice as nervous than before.

Mrs. Susan announce the results.

"The first place in today's competition goes to,"

She stares at me and I stare her back. I imagine my name being called out.

"If you've worked hard, that's what it counts, Julia."

Without knowing why, I have a bad feeling. I comfort myself to allay my anxiety.

'Of course I will be the number one. Everyone admired my performance'

Soon, Mrs. Susan open her mouth.

"Sophia!"

As soon as Mrs. Susan says 'Sophia', I cry. I run down the stage with tears in my eyes.

How long has it been? Mrs. Susan comes to me. Maybe she has been looking at me for a long time.

"Julia, where were you. I was looking for you for a long time. Don't cry."

"I did not come first. I am unqualified to be a

ballerina."

"You showed me a wonderful performance today. I know how hard you have practiced for today's competition. However, the effort and the result do not always match. Sometimes, it is not what I want and sometimes, you feel like giving up. You have to overcome the hardships. Then, you can be the first. There is a competition next month, too. I believe that you can get a better score at the next competition."

"Really? Can I be the first?"

"Of course, Julia. Promise me that you won't give up. You should stop crying and go home. Your mother is waiting for you."

Oh, I forget about my mother. Mrs. Susan would have told my mother that I do not win the competition.

This is serious. Mom will lose her temper at me.

I walk down the stairs one by one in fear. My mom is standing in front of the door.

But what happened? Mom is smiling.

"Mommy, why don't you get angry with me? I didn't come first."

"I heard everything from your teacher. You practiced alone whenever you arrived at class early, right? It is enough that you did your best. I just told you always be the first because I want you to practice hard. There are plenty of opportunities. Don't give up. You're doing good enough. you'll do well. I will cheer for you from the side."

I know for the first time that my mother is such a warm person.

"Even if you do not become a ballerina, I will always love you, Julia."

I tell her,

"I love you too, mom."

아기별의 여행

땡, 땡, 땡.

소년은 오늘도 종을 칩니다. 맑은 교회 종소리가 온 마을에 퍼집니다. 하늘에서 아기별도 종소리를 듣고 있어요. 아기별은 종소리를 좋아한답니다. 엄마별이 들려주는 자장가처럼 포근하거든요. 아기별은 종소리를 더 가까이에서 듣고 싶었어요. 아기별은 교회에 가까이 다가갔어요. 엄마별이 멀리 가지 말라고 했던 건 오늘이 아니라 어제니까요. 아기별은 점점 더 교회에 가까이 갔어요. 가까이, 좀 더 가까이, 좀 더….

툭. 아얏!

〈별이 빛나는 밤〉

빈센트 반 고흐 (1853~1890)

제작 1889년

기법 캔버스에 유채

크기 73.7 x 92.1 cm

소장처 뉴욕 현대미술관

아기별은 그만 하늘에서 떨어지고 말았어요.

'엄마 말을 들을걸 그랬어. 하늘로 어떻게 다시 돌아가지?'

영영 집으로 돌아가지 못할까봐 덜컥 겁이 난 아기별은 울기 시작했어요. 아기별은 엄마별이 보고 싶었어요.

종을 치고 집으로 돌아가려던 소년은 울음소리를 들었어요.

"지금쯤 사람들은 교회 안으로 들어갔을 텐데. 누가 울고 있는 거지?"

소년은 소리가 들리는 곳으로 가까이 다가갔어요. 소년은 울음소리가 들리는 곳에서 반짝이는 무언가를 보았어요. 하늘에서 떨어진 아기별이었지요. 소년은 아기별에게 가까이 다가갔어요. 아기별은 누군가가 아기별에게 다가오는 발소리를 들었어요. 아기별은 무서웠어요. 아기별은 더욱 큰 소리로 울었어요.

"애, 너는 누구니? 왜 여기서 울고 있는 거야?"

"으아앙."

아기별은 너무 무서웠어요. 사람을 가까이에서 본 건 처음이었거든요.

예전에 엄마별은 아기별에게 이렇게 말해주었어요.

"땅에서 사는 사람들 중에서 착한 마음을 가진 사람도

있지만 그렇지 않은 사람도 많단다. 항상 조심해야 해. 그러니 땅으로 갈 생각은 하면 안 된다. 알았지?"

아기별은 계속 눈물을 흘렸어요. 소년이 나쁜 사람일 수도 있으니까요.

소년은 아기별이 울음을 그칠 때까지 기다려 주기로 했어요. 한참 뒤, 아기별의 울음은 잦아들었어요. 소년은 아기별에게 물었어요.

"집으로 가는 길을 잃어버렸니? 내가 도와줄까?"

아기별은 울음을 멈출 때까지 기다려준 소년에게 도움을 청하기로 했어요.

"종소리를 들으러 교회에 가까이 왔다가 그만 하늘에서 떨어지고 말았어요. 내가 다시 집으로 돌아갈 수 있게 도와주세요!"

소년은 아기별을 어떻게 하늘로 돌려보내야 할지 막막했어요.

소년은 번뜩 좋은 생각이 떠올랐어요.

"우리 마을에서 가장 큰 나무 위로 올라가 보자. 그럼 다시 하늘로 올라갈 수 있을 거야."

소년은 아기별을 안고 가장 큰 나무가 있는 숲으로 들어갔어요. 소년도 처음 가보는 숲이었어요. 어두컴컴한 숲

속 나무들은 괴물처럼 보였어요. 소년은 무서웠지만 아기
별을 위해 꾹 참았어요.

소년과 아기별은 어느덧 마을에서 가장 큰 나무 앞에 도
착했어요. 소년은 아기별을 안고 큰 나무에 오르기 시작했
어요.

영차, 영차….

소년은 아기별을 안고 힘겹게 올라왔어요. 하늘은 아직
도 저 멀리에 있었어요. 마을에서 가장 높이 올라왔지만
아기별을 돌려보낼 수 없었어요.

"미안해. 내가 조금만 더 컸다면 널 도와줄 수 있었을 텐
데…."

아기별은 다시 울음이 터질 것 같았어요. 엄마별이 너무
나 보고 싶었어요.

그 때, 무언가가 아기별의 볼을 따스하게 스쳤어요. 바
로 아기별이 좋아하는 바람 아저씨였어요.

"아저씨!" 아기별은 반가운 마음에 큰 소리로 외쳤지요.

"아기별아, 여기서 뭘 하고 있었니? 엄마별이 널 찾고
있단다."

"하늘로 돌려 보내주려고 했지만 하늘이 너무 멀어서 아
기별을 보낼 수가 없었어요. 아기별을 집으로 데려다 줄

수 있나요?" 소년이 말했어요.

"물론이지. 아기별아, 내 손 꼭 잡으렴. 엄마별에게 가자꾸나."

"아저씨, 잠깐만요!"

아기별은 소년을 꼬옥 안았어요. 소년도 아기별을 꼬옥 안아주었어요.

"도와줘서 고마웠어요. 당신은 정말 좋은 사람이 확실해요."

"이제 하늘에서 떨어지지 않게 조심해야 해. 내가 종소리 잘 들리도록 힘껏 칠게. 안녕, 아기별아."

아기별은 한 손으로 바람 아저씨의 손을 잡고, 한 손으론 소년에게 인사를 했어요. 소년은 아기별이 하늘에서 다시 빛날 때까지 손을 흔들어 인사했어요.

아기별은 하늘로 돌아왔어요. 아기별은 엄마별의 품에 안겼어요.

"엄마, 나 여행하고 왔어요!"

모지은 작 〈The Starry Night〉

The Baby Star's Travel

Yebin Kim

Ding Ding Ding!

A boy rang church bells today. The sound of clear bells spread throughout the town. The Baby Star heard the bells in the sky. She liked the sound of the bell because it was sweet as a lullaby. The Baby Star wanted to hear the bell more closely. She came close to the church. Yesterday, the Mother star had told her not to go near the church. However, she didn't say anything today so the Baby Star guessed it would be okay. The Baby Star was getting closer and closer to the church. Closer, closer, closer….

Thud. Ouch!

The Baby Star fell out of the sky.

'I should have listened to mommy. How can I go back to the sky?'

The fear of not being able to return home made the Baby Star cry. She missed her mommy.

A boy who was returning home heard the cry.

"People would have gone into the church by now. Who is crying?"

The boy drew near to the sound. The boy saw something shiny. It was a Baby Star that fell from the sky. The boy got close to the Baby Star. The Baby Star heard someone walking toward her. She was scared. The Baby Star cried louder.

"Hey, who are you? Why are you crying here?"

"Boohoo."

The Baby Star was very scared because it was the first time that she saw a person.

Before, Mother Star had said,

"Some people down there have good hearts, but

some don't. You should always be careful, sweetie. So don't think about going down near those people. Okay?"

The Baby Star kept crying because she thought that the boy could be a bad person.

The boy decided to wait until the Baby Star stopped crying. After a long time, the Baby Star stopped crying. The boy asked the Baby Star.

"Are you lost? Can I help you?"

The Baby Star decided to ask the boy, who waited until she stopped crying, for help.

"I came close to the church to hear the bells, and fell from the sky. Please help me get back home!"

The boy didn't know how to send the Baby Star back to the sky.

A good idea flashed across the boy's mind.

"Let's climb the tallest tree in our town. Then you can go up to the sky again."

The boy went to the forest where the biggest tree is with the Baby Star. It was his first time to go to the forest. The trees in the dark forest looked like monsters. The boy was scared, but he beared for the Baby Star.

They arrived in front of the biggest tree in town. The boy started climbing up with the Baby Star.

One two, one two···.

The boy struggled up to the top with the Baby Star. The sky was still far away. The boy climbed the highest tree in town, but he couldn't send the Baby Star back.

"I'm sorry. If I were a little taller, I could have helped you." the boy said.

The Baby Star started to cry again. She missed her mommy so much.

Then, something brushed the Baby Star's cheek warmly. That was Mr. Wind, whom the Baby Star liked.

"Mr. Wind!" The Baby Star called him.

"What are you doing here? The Mother Star is looking for you."

"I tried to send the Baby Star back to the sky, but the sky was too far away to send it. Can you take her home?" the boy said.

"Sure. Baby Star, hold my hand. Let's go to your mommy."

"Mr. Wind, wait!"

The Baby Star hugged the boy. The boy hugged the Baby Star, too.

"Thank you for your help. You must be a really nice person."

"Now you have to be careful not to fall from the sky. I'll ring the bell with all my might for you. Good bye, Baby Star."

The Baby Star waved good–bye with her one hand, and she grab Mr. Wind's hand with her other hand. The boy waved his hand until the Baby Star shone in the sky again.

The Baby Star was back in the sky. The Baby Star was placed in the arms of her mommy.

"Mommy, I returned from my journey!"

신이 준 선물

우다현

　따뜻한 봄날이었어요. 푸른 들판이 정말 예쁜 날이었지요. 푸른 들판은 우리 마을의 중심에 있어요. 그리고 그 한 가운데 옛날부터 내려오는 초록색 탁자가 있었어요. 우리 아빠 말로는 탁자는 매우 신성한 것이래요.

　나는 초록색 탁자에 앉아 우리 마을을 보는 것을 참 좋아해요. 우리 마을은 열심히 춤추는 들판도, 서로 빨리 가려고 애쓰는 구름도, 바쁘게 움직이는 공장도 다 예뻐요.

　나는 오늘도 어김없이 아빠와 함께 산책을 나가기로 했어요. 푸른 들판과 바쁜 공장을 지나 탁자 앞에 왔어요. 탁자에는 처음 보는 병 하나가 있었어요.

　"아빠, 이게 뭐예요?"

　병을 본 아빠의 눈은 점점 커졌어요. 아빠는 침을 한번 삼키고는 입이 떡 벌어졌어요. 그리고 나서 제게 말했어요.

〈술 마시는 사람들〉

빈센트 반 고흐 (1853~1890)

제작 1890년

기법 캔버스에 유채

크기 60 x 73 cm

소장처 시카고 아트 인스티튜트

"앨리스, 이것은 신이 우리에게 준 선물인 것 같아."

"우와! 선물이요? 무슨 선물일까요? 날개가 생기는 걸까요?"

"쉿! 조용히 해."

아빠는 다급히 저에게 조용히 하라고 얘기했어요.

제 목소리를 들은 건지 저 멀리서 옆집 아저씨인 오베르 아저씨가 걸어왔어요.

"앨리스, 너는 어떤 능력이 생겼으면 좋겠니?"

아빠는 당황한 표정이었어요.

"저는 음…. 힘이 엄청 세졌으면 좋겠어요! 아저씨는요?"

"나는 엄청 잘생겨졌으면 좋겠구나."

"우와, 저는 동물들과도 얘기할 수 있었으면 좋겠어요. 아빠는 어때요?"

"나는 순간이동을 할 수 있었으면 좋겠어."

아빠가 말하던 중 옆에 있는 공장에서 윌리스 아저씨가 걸어왔어요.

"다들 정말 소박하시군요. 저는 저 공장의 주인이 되어서 부자가 되고 싶네요."

모두 자신의 소원을 말했어요.

"그럼 누가 먹을까요?"

"일단 위험할 수도 있으니 앨리스는 빼죠."

"그래요."

저는 먹고 싶었지만 왠지 먹으면 안 될 것 같다는 생각이 들었어요.

"그럼 어떻게 하죠?"

"그냥 셋이서 나눠 먹어볼까요?"

"그럽시다."

"좋아요."

"자, 그럼 다 같이 먹어요."

아빠와 오베르 아저씨와 윌리스 아저씨는 병에 들어있는 것을 나누어 마시기 시작했어요. 나는 그저 옆에서 우유를 마시고 있었지요.

병에 들어있던 갈색의 음료를 마신 세 사람의 얼굴을 별로 좋지 않았어요. 저는 아빠와 아저씨들이 어떻게 변할까 정말 궁금했어요.

탁자 옆에 작은 가게를 하시는 줄리아 할머니가 와서 제게 물었어요.

"혹시 탁자에서 간장 못 봤니? 내가 요즘 정신이 없어서 놓고 간 것 같은데."

할머니의 말을 들은 아빠와 아저씨들은 먹던 것을 멈췄어요. 줄리아 할머니는 아빠와 아저씨들을 의아한 표정으로 봤어요.

"설마 지금 간장을 먹고 있어요?"

"···."

"···."

"···."

줄리아 할머니는 어처구니없는 표정으로 혀를 찼어요.

"아무도 안 계세요? 할머니?"

할머니는 손님 목소리를 듣고 뛰어갔어요. 아빠와 아저씨들은 멍하니 서 있다가 서로를 보고 웃었어요.

"허허, 우리가 뭘 먹은 거죠?"

"하하하, 그러게요. 이건 저희만의 비밀로 할까요?"

"그렇고말고요. 앨리스도 비밀로 해줄 거지?"

나는 왜 비밀로 해야 하는지 이해가 안됐지만 그러기로 약속을 했어요.

월리스 아저씨는 제 머리를 한 번 쓰다듬고는 작별인사를 했어요. 그렇게 모두가 뿔뿔이 흩어졌어요.

집에 오는 길에 보이는 구름은 서로 빨리 가려고 애쓰는 구름이 아닌 천천히 서로 양보하며 움직이는 구름으로 가득 차 있었답니다.

김수민 작 〈Men Drinking (after Daumier)〉

The Gift from God

Dahyun Woo

It was a warm spring day. Green fields were beautiful. The green fields are in the center of our town. And in the middle of it was a green table that was passed down from the old days. My dad says the table is very sacred.

I love to sit at the green table and look at our town. Our town looks beautiful in dancing fields, clouds trying to get to each other fast, and busy factories.

I am going for a walk with my dad today. We passed by green fields and busy factory and finally arrived to the table. There was a strange bottle on the table.

"Dad, what's this?"

Dad's eyes grew bigger when he saw the bottle. Dad gulped and opened his mouth. And then he told me.

"Alice, I think this is a gift from God."

"Wow! A gift? What kind of gift? Can we have wings?"

"Shh! Be quiet."

Dad hurriedly told me to be quiet.

The man next door, Uncle Obert came over, as if he had heard my voice.

"Alice, what would you like to wish for?"

Dad looked embarrassed.

"I wish I could be really strong! How about you?"

"I wish I could be very handsome."

"Wow, I wish I could talk to animals, too. How about you, dad?"

"I wish I could teleport."

While dad was talking, Mr. Willis walked towards us from the factory.

"You guys are so simple. I want to be rich by

becoming the owner of that factory."

Everyone talked about their wishes.

"Then who will drink?"

"Let's skip Alice because it could be dangerous."

"Okay."

I want to, but I think I shouldn't.

"What shall I do?"

"Why don't we just share it between us three?"

"Let's do that."

"Okay."

"Let's drink together then."

Dad, Uncle Obert and Mr. Willis started sharing the bottle. I was just drinking milk by their my side.

The faces of three people who drank the brown liquid in the bottle didn't look so good. I was really curious about how my dad and my uncles would change.

Grandma Julia, who owns a small store by the table, came and asked me.

"Didn't you see the soy sauce on the table? I

seem to have left it here because I'm so busy these days."

When they heard her, they all stopped drinking. Julia looked at my father and my uncles with a suspicious look.

"Are you drinking my soy sauce right now?"

"..."

"..."

"..."

Julia clicked her tongue with an absurd look.

"Is anyone here? Grandma Julia?"

Grandmother heard the customer's voice and ran back to her store.

Dad and the men stood there for a moment and laughed at each other.

"Haha, what did we just drink?"

"Hahaha, yeah. Shall we keep this a secret?"

"Of course. You're gonna make sure Alice keeps a secret, right?"

I didn't understand why I had to keep it a secret, but I promised.

144

Mr. Willis touched my head and said goodbye. So everyone broke up.

The sky we saw on the way home were filled with moving clouds, slowly yielding to each other, not trying to move fast.

〈안개 바다 위의 방랑자〉

카스파르 다비드 프리드리히 (1774~1840)

제작 19세기경

기법 캔버스에 유채

크기 94.5 x 74.8 cm

소장처 함부르크 아트센터

보이지 않는

김민지

 거짓말일지도 모르지만 사람들 말로는 사랑이 모든 것을 정복한 곳이 있대요. '프로페'라던가요? 나서는 길마다 집집마다 사람들의 웃음소리가 가득 차고 태양과 달이 서로 사랑하는 곳이요. 저는 아직 찾지는 못했지만 계속 찾아보려고요. 제가 아는 곳이라고는 숨 막힐 듯한 안개와 침묵 속에서 달빛이 드리우는 이곳 티피오스에요.

 아, 제 얘기를 하기 전에 먼저 이웃들을 소개해 드릴게요. 옆집에는 손이 아주 큰 하조라는 아저씨가 살아요. 하조 아저씨는 보이는 모든 물건에 아저씨 이름을 써요. 심지어 길거리에 까지요. 가끔 저렇게 큰 손이 어디에 필요한가 싶어요. 뒷집에는 커다란 눈을 갖고 계신 '블라카'라는 아줌마가 살고 계세요. 저렇게 큰 눈을 가지면 더 많은

147

책을, 더 먼 거리를 볼 수 있을까 궁금하기도 해요. 제가 큰 손 아저씨, 큰 눈 아줌마라며 놀릴 때마다 아줌마, 아저씨는 언제나 이곳 티피오스 탓이라고 우겨대시죠.

이크, 이렇게 아줌마 아저씨를 비웃다가는 달에게 걸릴지도 몰라요! 달은 큰 왕좌에 앉아있는 왕처럼 하늘에서 내려오지 않거든요! 언젠가 과학 선생님께 달이 하늘에서 내려오지 않는 이유를 여쭤보았는데 대답이 돌아오기는커녕, 달이 이기적이라는 말만 하셨어요. 달은 태양이 나오기만을 기다리지만 정작 하늘을 내주지 않으니까요.

음…. 이 얘기를 하면 모두가 절 비웃지만 저의 꿈은 프로페를 찾는 탐험가가 되는 거예요. 프로페 생각을 도무지 멈출 수가 없거든요! 프로페는 도대체 어디에 있을까요? 저의 유년 시절 전체에 걸친 연구에 의하면 마을에서 가장 높은, 마테오스 산에 올라가면 있을 거예요. 소문으로는 마테오스 산이 너무나 높아서 달빛이 비추지 못한대요!

그렇게 달이 시간이 지남에 따라 태양의 존재를 점차 잊어버려 가듯, 저도 한참의 시간이 지나 어른이 되면서 프로페에 대한 열정을 잊게 되었어요. 그런 저에게 그 열정을 다시 상기시켜 준 건 달이 유난히 푸르던 그날 마테오스 산 앞에서였어요. 푸른 달 때문인지 왠지 모를 자신감에 그 자리에서 무작정 산을 오르기 시작했어요.

험난한 산길이었지만 오랜 꿈을 이룬다는 생각에 기쁜 마음으로 올라갈 수 있었어요. 산에 오른 지 몇 시간 째 되던 때에 달에게서 도망치고 있던 별을 만났어요. 말동무가 필요한 참이었던 저는 별과 이런저런 이야기를 나누며 그녀에 대해 많은 것을 알 수 있었어요. 우선 그녀는 태양을 만나기 위해 그리고 무엇보다도 달이 별들의 빛을 빼앗기 때문에 산길에 오르게 되었다고 했어요.

그녀는 프로페를 찾으면 그곳에서 살 것이라고 했고, 저에게 어떻게 할 거냐는 물음에 태양의 빛을 주머니에 담아 오겠다고 했어요. 주머니에 한가득 담아 와서 산을 내려왔을 때 주머니의 빛이 마법처럼 퍼져나갈 수 있게요!

어느새 프로페에 닿았다는 것을 암시라도 하듯 점차 빛이 보이기 시작했어요. 그렇게 한 발짝, 또 한 발짝, 정상에 도달했을 때 우리는 프로페가 아닌 티피오스의 다른 면을 보았어요. 달이 영향력을 미치지 못하는, 밝은 티피오스요. 우리는 놀라 서로를 쳐다봤고 환하게 빛나고 있는, 주머니가 빛으로 가득 차 있는 서로를 발견했어요. 원래 있던 빛을 어쩌면 눈과 손이 너무 커서 원래부터 있던 빛을 보지 못했나 봐요.

모지은 작

〈Wanderer above the Sea of Fog〉

Invisible

Minji Kim

They told me once "There's a place where love conquers all." Though I'm not sure whether it's a lie or not. They call it 'Prope', I assume? A city with the streets full of laughter and where Sun and Moon love each other. I haven't found it yet but I'm still searching. All I know is this place where moonlight casts in stifling mist called "Tyfios."

Hey, before I talk about my story, I would like to introduce my neighbors. On the next door, There's a man who has enormous hands named Hazo. He writes his name on everything he sees. Even on the streets. I sometimes wonder where he can use

152

those big hands anyway. On our back door, there's a woman who has weirdly big eyes named Vlaka. If I have those big eyes, Could I see many books, or far far away? Whenever I make fun of them, they always blame it on "Tyfios."

Oops, I gotta be careful! Moon might catch me making fun of them. She doesn't come down in the sky like a king sitting in a throne. Once I asked my science teacher why the Moon is always in the sky, He just said the Moon is being selfish. She waits for the Sun to come out but wants the sky all by herself.

Hmm···. Everyone laughs at me when I say I want to be an explorer in search of "Prope." I can't stop thinking about Prope even if I try not to think about it! Where could Prope be? I have been doing a research through my entire elementary school days. I am positive that it is on the top of "Mt. Mataios." The rumor has that Mt. Mataios is so high that the moonlight cannot even reach there!

Despite my effort to find Prope, As I grow up I started to think that Prope is nothing but a legend, just like the Moon forgetting that the Sun ever existed. The day that reminded me of Prope, I was standing in front of Mt. Mataios, the Moon was particularly bright. I still don't know whether it was the bright moon or what, but I suddenly got confident and started to climb up the mountain.

It was tough climbing up to the top, but I was so happy by the thought that I can finally make my dreams come true. After hours of climbing, I met a star who was running away from the moon. As I was lonely, I started a conversation with her and got to know her better. I found out that she was running away from the Moon, who was trying to steal the light away from her. Another reason was that she wanted to meet the Sun.

She told me that she would live in Prope if she found it, and I told her that I'd take the Sun's bright light into my pocket. Take them as much as I can so I can spread it when I came down the mountain.

After some time, we started to see bright light shining down on us. We knew then that we were not far away from Prope. Step by step, we got closer to the top of the mountain. To our surprise, all we saw was another side of "Tyfios." The bright side where the Moon doesn't have control over. We looked at each other in disbelief, and found each other glowing, and pockets full of light. Maybe the reason that we weren't able to see the light was because our hands and eyes were too big.

〈빨강, 파랑, 노랑의 구성〉
피터 코르넬리스 몬드리안 (1872~1944)
제작 1930년
기법 캔버스에 유채
크기 46 x 46 cm
소장처 취리히 쿤스트하우스

어우러져 아름다운 세상

문지현

각각의 색깔들이 따로따로 마을에 모여 사는 색깔 나라에는 아주 오래전부터 내려오는 저주가 있었습니다. 그것은 각자의 마을을 벗어나면 영원한 어둠에 갇히게 된다는 무서운 이야기였습니다. 마치 여러 가지 물감을 섞으면 어두운 색깔이 나오듯 말입니다.

그 중 빨강 마을에 사는 작은 소녀 베라 역시 태어나 줄곧 빨강 마을에서 벗어난 적이 없습니다. 그래서 베라는 세상엔 빨간 친구들밖에 없다고 생각했습니다.

비가 쏟아지던 어느 흐린 날이었습니다. 수업이 끝난 후 베라는 친구들과 학교 도서관에서 보물찾기 놀이를 했습니다.

"날씨가 좋으면 밖에서 보물찾기를 할 수 있었을 텐데."

"그러게. 비가 오다니!"

베라와 친구들은 밖에서 놀지 못해 아쉬웠지만 노는 건 어디서든 잘 놀았습니다.

얼마가 지났을까, 한 친구가 말했습니다.

"야, 비가 그쳤네! 저 무지개 좀 봐!"

"어? 정말이네? 밖에서 놀자!"

아이들은 우르르 밖으로 뛰쳐나갔습니다.

"얘들아, 같이 가!"

베라는 도서관 책장 사이로 뛰어가는 아이들을 따라 급히 내달리던 중 발을 헛디뎌 넘어졌습니다. 눈을 떠보니 책장 바닥에 먼지와 함께 숨어있는 오래된 책이 있었습니다. 그 책을 주워 슬쩍 펼쳐 보니 여러 가지 색깔의 친구들이 다 같이 손을 잡고 있는 그림이 있었습니다.

"세상에!"

베라는 세상에 여러 가지 색깔의 친구들이 있다는 것을 알게 되었습니다. 베라는 노란색, 파란색같이 여러 가지 색깔의 친구들을 꼭 만나보고 싶었습니다.

베라는 곧장 아빠에게 갔습니다.

"아빠, 아빠! 제가 책에서 보았는데 세상에는 정말 많은 색깔의 친구들이 있더라고요. 다른 색깔 친구들을 꼭 만나고 싶어요!"

베라가 호기심 어린 눈으로 말했습니다.

그러자 아빠는 화가 난 표정으로 말했습니다.

"안 돼. 예전부터 우리는 우리 마을을 벗어나면 안 된다고 말했잖니. 그렇지 않으면 우리는 영원한 어둠에 갇히게 된단다."

베라는 덜컥 겁이 났습니다. 방에 들어와서 다시 책을 보니 마음이 흔들렸습니다. 다른 색깔의 친구들이 궁금해서 견딜 수가 없었습니다.

결국 베라는 부모님이 잠든 틈을 타 짐을 싸 들고 집을 몰래 나왔습니다. 물론 책도 함께 챙겼습니다. 어두운 밤길, 베라는 무섭기도 했지만 새로운 친구들을 만날 생각에 다시 힘을 냈습니다.

그렇게 한참을 헤매다 베라는 자기도 모르게 깜빡 잠들었습니다. 수군수군하는 시끄러운 소리에 베라는 눈을 떴습니다. 눈앞에는 태어나서 처음 보는 색깔의 친구들이 있었습니다. 얼른 책을 꺼내 펼친 베라는 이 색깔이 파란색이라는 것을 알았습니다.

베라는 꿈에 그리던 친구를 만나서 너무 기쁘고 반가웠습니다. 그렇지만 부끄러워서 먼저 말을 꺼내지 못했습니다. 한편으로는 아빠가 말씀하셨던 영원한 어둠도 생각이 났습니다. 그 중 한 친구가 먼저 말을 걸어왔습니다.

"안녕? 난 메리라고 해. 네 이름은 뭐야?"

"어, 안녕. 난 베라라고 해. 바, 반가워."

"넌 어디서 왔어? 우리랑 색깔이 다르네!"

"난 빨강 마을에서 왔어. 혹시 여기가 파랑 마을이니?"

"그래, 파랑 마을이야! 너처럼 생긴 색깔은 처음 봐. 넌 어떻게 우리 마을 이름을 아는 거야?"

베라는 들고 있던 책을 메리에게 보여주었어요.

메리는 놀란 표정으로 말했어요.

"우와! 정말 신기해. 그러면 너는 이 책을 보고 우리 마을로 온 거니?"

베라는 고개를 끄덕였습니다.

"다른 색깔 마을을 찾아가는 거야? 그러면 혹시 나도 같이 가면 안 될까?"

"좋아! 나도 혼자라서 심심했던 참이었는데."

"근데 우리 부모님이 허락해주실까? 마을 밖으론 나가지 말라고 하셨는데…."

"나도 그러셨어. 그렇지만 난…."

베라는 걱정하실 부모님 생각에 잠시 말끝을 흐렸지만 금세 웃으며 말했습니다.

"내가 마을에서 벗어났는데 아무 일도 일어나지 않았잖아! 괜찮을 거야."

그렇게 베라와 메리는 파랑 마을을 떠나 다른 마을을 찾아 떠났습니다. 둘이서 함께 가니 혼자 가던 것보다 훨씬 힘이 나고 즐거웠습니다.

　계속 걷다 보니 처음 보는 빛깔의 마을이 드러나기 시작했습니다. 둘은 책을 꺼냈습니다.

　"저건 노란색이야!"

　베라와 메리가 동시에 외쳤습니다.

　노랑 마을로 간 베라와 메리는 새로운 친구를 사귀었습니다. 그 친구의 이름은 디아였는데 개나리 빛의 디아는 셋 중에 가장 밝았습니다. 밝은 색깔만큼 디아는 흥이 참 많았습니다.

　"너도 우리와 함께 가지 않을래?"

　베라와 메리가 묻자 디아는 활짝 웃으며 대답했습니다.

　"좋아! 신난다. 야호!"

　셋은 더욱더 활기차게 다른 마을로 향했습니다. 그렇게 셋이 넷이 되고 넷이 다섯, 여섯이 되며 점점 친구들이 많아졌습니다.

　그러던 중 초록 마을에서 온 에드가 말했습니다.

　"우리가 이렇게 모두 모였는데도 영원한 어둠은 오지 않았어. 모든 사람들이 이 사실을 알면 서로 어울리고 싶어 할 거야."

　그러자 친구들이 한 마디씩 했어요.

"맞아. 왜 같은 색깔끼리만 모여 살았는지 모르겠어. 다 같이 모이면 이렇게 즐거운데 말이야."

"빨리 우리 부모님도 아셨으면 좋겠어."

마지막으로 베라가 말했습니다.

"그럼 우리 각자 마을로 돌아가서 마을 사람들을 데리고 이곳에서 다시 모이자."

"그래, 좋아!"

여러 가지 색깔 친구들은 각자 마을에 돌아가서 마을 사람들을 데리고 다시 모였습니다. 다양한 색깔들이 모인 그 곳은 무지개처럼 정말 아름다웠습니다. 영원한 어둠은 없 었습니다. 사람들은 전부 왜 그동안 따로 살았는지 심지어 화를 내는 사람들도 있고 너무 아름다워 눈물을 흘리는 사 람들도 있었습니다.

빛이 있기에, 모두가 모였기에 이렇게 아름답고 눈부실 수 있다는 것을 알았습니다. 여러 가지 색깔 마을은 영원 히 행복했답니다.

편예영 작 〈Composition with Red, Blue and Yellow〉

The Beautiful World in Harmony

Jihyun Moon

There was a curse that came down from a long time ago in a country of color where each color lived separately in a village. It was a scary story about getting out of each other's village and being stuck in eternal darkness. It's as if you mix all the different paints of colors and you have dark colors.

Vera, a little girl who lives in the Red village, was also born and raised in one village and never left it. So Vera only thought she had Red friends like herself in the world.

After a rainy day, Vera enjoyed treasure hunt with her friends at the school library.

"If the weather were nice, we could have had a

treasure hunt outside."

"I know. That's too bad."

Vera and her friends had a wistful conversation and had fun.

After a while,

"Huh? It's bright outside! Look at that rainbow!"

A friend said.

"Oh? Really? Let's play outside!"

The children ran out of school with excitement.

"Hey, wait up guys!"

Vera tripped and fell as she rushed along to her friends running between the shelves of the library. When Vera got up, she found an old book hiding at the bottom of the bookcase, full of dust. When she opened the book, she found a picture of friends of all colors holding hands together.

"Oh my God!"

Vera noticed that the world had friends of all colors. Vera really wanted to meet her peers in many colors, like yellow and blue.

Vera went straight to her father.

"Daddy, daddy! I read a book and found out that there are so many colors in the world. I can't wait to meet my friends of different colors!"

Vera said curiously.

Then Dad said with an angry look.

"No," he said, "we must not leave our village. Otherwise, we'll be stuck in eternal darkness."

Vera was suddenly scared. But when she came into the room and looked at the book again, she quickly wanted to go to the place with friends of different colors.

In the end, Vera sneaked out of the house while her parents were asleep. Of course, she brought the book too. Vera was also terrified in the dark streets, but she got back on track to meet her new friends.

After wandering so far, Vera fell asleep without even realizing it. After a while, Vera opened her eyes to the noise. In front of her were friends of color whom she had never seen before. Vera quickly took the book and found out that their color is blue.

Vera was very happy to meet her dream friend. But she couldn't say anything at first because she was embarrassed. On the other hand, she remembered the eternal darkness that her father had told her about. Then one of her friends talked to her first.

"Hello? I am Mary. What's your name?"

"Oh, hi. I'm Vera. Nice to meet you."

"Where are you from? You're a different color from us!"

"I'm from the Red Village. Is this the Blue village by any chance?"

"Yes! I have never seen a friend from another town. How do you know the name of our town?"

Vera showed Mary the book she was holding.

Mary said with surprised look.

"Wow! It's amazing. Then, did you come to my village after reading this book?"

Vera nodded.

"Then, can I come with you?"

"Great! I was bored because I was alone."

"By the way, will my parents approve? They told me not to go out of town…."

"So did mine. But I…."

Vera paused for a few moments, thinking that her parents would be worried by now. But then she quickly shook her worries off and smiled.

"Nothing happened when I left my town! It's was okay."

So Vera and Mary left the town of Blue and started walking blindly. It was much stronger and more enjoyable to go together.

As they walked on, they began to see the first colored village. They took out the book.

"It's yellow!"

Vera and Mary shouted at the same time.

Vera and Mary made new friends. His name was Dia, and Forsythia Dia was the brightest of the three. It was as much fun as it was bright.

"Why don't you come with us?"

When Era and Mary asked, Dia, answered with a

big smile.

"Okay! I'm excited. Yahoo!"

The three went to search for other villages vigorously. So, there were three of them, then four, five, six, and more and more friends.

Then, Ed from the green village said,

"We all got together like this, but the eternal darkness never came. I want everyone to know this and rejoice."

Then they said one after another.

"Right. I don't know why we have to live in one color. It's so fun when everyone gets together."

"I can't wait until my parents know."

And finally, Vera said.

"Let's go back to the town and bring the villagers back here."

"Okay, good!"

Each of the colors returned to the village and gathered the villagers again. It was really beautiful, like a rainbow, where various colors came together. There was no eternal darkness. Some people were angry about why they all lived separately, others thought the sight together was so beautiful that they cried.

And finally, everybody knew that because there was light, and everyone had gathered, it could be so beautiful and spectacular. And the colorful villages were happy forever.

빙빙 맴도는 차차

모지은

갈색 닭 차차는 기억력이 좋지 않은 닭이에요. 차차는 항상 같은 곳만 뱅뱅 맴돈답니다. 차차는 자기가 계속 있던 자리가 항상 새롭게 느껴졌어요. 앞으로 세 걸음 걷고 나면 아까 봤던 개미를 보고 '와! 이건 뭐지?' 하며 놀라곤 했답니다.

그러던 어느 날은 차차의 길에 처음 보는 닭 친구가 있는 것이 아니겠어요! 처음 보는 검은 닭은 고개를 갸웃거리며 차차에게 물었어요.

"너는 왜 항상 이곳에만 있니?"

"여기 엄청 신기해. 뒤돌기만 하면 항상 새로운 것이 나를 기다리고 있단다."

"너는 정말 바보로구나? 매일 보는 작은 개미가 신기하

171

〈닭〉

신윤복 (1758~?)

기법 지본채색

크기 23 x 23.8 cm

소장처 국립중앙박물관

니?"

검은 닭의 물음에 차차는 고개를 끄덕였어요.

"너는 여기에만 머물러 있으니까 모르지. 들판 밖에는 신기한 게 더 많다고."

"와, 정말? 신기한 게 많다고?"

차차의 눈이 반짝였어요.

"그래. 너는 꽃이라는 게 뭔지 아니?"

차차는 어리둥절했어요. 자신이 아는 신기한 것이라고는 매일 바뀌는 구름 모양이나, 매일 다른 위치에 찍히는 자기 발자국이나, 떨어지는 위치가 다른 나뭇잎뿐이었지요. 꽃이라는 건 달콤한 향기가 나고, 알록달록 무지개 색깔을 가진 아름다운 풀이라고 검은 닭이 말했어요. 그 말을 들은 차차는 아름다운 풀의 모습을 상상해 보았지요.

"그 꽃이라는 건 어디에 가면 볼 수 있니?"

"나를 따라와 봐. 내가 꽃이 많은 곳을 알아."

차차는 기대에 부풀어 검은 닭을 따라갔어요. 항상 있던 곳에서 나오니, 정말로 생전 처음 보는 것들이 가득한 세상을 마주할 수 있었답니다. 차차는 검은 닭과 오랜 시간을 여행하여 커다란 나무 아래에 도착했어요. 찬바람이 쌩쌩 부는 추운 날씨였지요. 나무는 잎이 다 떨어져서 가지가 앙상하고, 희고 차가운 설탕 같은 것이 쌓여있었어요.
검은 닭은 당황했고요.

"어? 저번에는 꽃이 엄청 많이 달려있었는데…."

검은 닭은 차차에게 미안해졌어요.

"꽃이라는 게 너무 예뻐서 이미 누가 다 가져갔나 봐. 괜찮아, 언젠가 다시 볼 수 있겠지."

닭들은 꽃을 가져갔을 누군가가 미웠어요. 터덜터덜, 꽃을 보러 긴 여정을 떠난 보람을 잃어버린 두 닭은 풀 죽은 걸음으로 다시 산을 넘고, 강을 건너 차차가 살던 들판으로 돌아왔어요.

두 닭이 들판에 도착하자, 따뜻한 바람이 차차와 흰 닭을 마중 나와 기분 좋게 반겨주었지요. 닭들은 두 눈이 휘둥그레졌어요. 그 평범했던 갈색 들판이 빨강, 노랑, 초록, 분홍…. 알록달록한 무지개 색 꽃들로 뒤덮여 있었으니까요!

"누가 나무에 있던 꽃을 따서 우리 들판에 가져다 주었나봐!"

차차와 검은 닭은 꽃밭으로 뛰어들었어요. 속상했던 마음도 사라져버렸어요. 차차와 검은 닭은 꽃밭 속에서 행복한 시간을 보냈답니다.

한예서 작 〈Chicken〉

Round and Round Chacha

Jieun Mo

The brown chicken named 'Chacha' is bad at memorizing. Chacha always revolves around the same place. That same place seemed always new to Chacha. Three steps forward, and when Chacha saw the ant, "Wow! What is this?" Chacha was surprised.

One day, Chacha saw a chicken friend in front of him! The black chicken tilted its head and asked.

"Why are you always here?"

"This place is really amazing. Every time I turn around, something new is waiting for me."

"Are you a fool? Do you mean that you are

amazed to see the small ant every day?"

Chacha nodded at the question of the black chicken.

"You don't know because you stay here. There's more novelty outside the field."

"Wow, really? There are many amazing things?"

Chacha's eyes glistened.

"Yes. Do you know what a flower is?"

Chacha was puzzled. What Chacha found out was suprising. The changing clouds, footprints in different places everyday, leaves falling on different places. The black chicken said a flower is like a beautiful grass with rainbow colors and smells sweet. Chacha imagined a beautiful grass.

"Where can I see that flower?"

"Follow me. I know a place where there are many flowers."

Chacha was excited and followed the black chicken. When Chacha came out of his usual place, Chacha was faced with a world full of things that he had never seen before. Chacha traveled with the black chicken for a long time and arrived under a big tree. The day was cold with wind blowing every where. The trees are bare of leaves and there was a pile of cold white sugar. The black chicken was embarrassed.

"Oh? There were so many flowers last time⋯."

The black chicken was sorry for Chacha.

"I think the flowers were so pretty that someone already took them. It's all right, we'll see each other sometime."

The chickens hated the person who took all the flowers. The two chickens, which had lost their fruit in search of flowers, trudged back across the mountain and crossed the river into the field where Chacha lived.

When the two chickens arrived in the field, a warm breeze greeted them warmly. The chickens popped their eyes wide open. The usual brown fields were red, yellow, green, and pink⋯. It was covered with colorful rainbow flowers!

"Someone must have picked the flowers from the trees and brought them to our field!"

Chacha and the black chicken jumped into the flower garden. Chacha's feelings of distress were gone. Chacha and the black chicken spent a happy time in the flower garden.

〈기린도〉
작가 미상
제작 ?년
34 x 66.9cm

키가 작아 슬픈 용용이

주민주

하늘나라에는 큰 눈과 멋진 뿔을 가진 동물들이 살았어요.

용용이라는 친구도 그 동물 중 하나였습니다. 용맹해 보이는 겉모습과 다르게 용용이는 자신감이 부족한 친구였어요. 어찌나 부끄럼을 타는지 친구들이 자신의 뿔을 자랑할 때에도 용용이만 조용히 친구들의 뿔이 부러워 쳐다보기만 하였어요.

용용이와 친구들은 하늘에 떠 있는 별을 따 먹으며 살았어요. 항상 별만 먹고 살다보니, 어느 날은 땅에 있는 꽃과 나무도 먹어보고 싶다고 이야기를 나누었어요.

"매일 별만 먹는 건 너무 질리지 않니?"

"맞아, 이제 다른 것을 먹고 싶어."

"하지만 뭘 먹어야 할까? 우린 별 말고는 아무것도 먹어본 적이 없는데."

냠냠이라는 한 친구가 갑자기 생각난 듯 소리를 질렀어요.

"아! 얘들아 내가 땅에서 별처럼 생긴 것을 발견했어!"

"땅? 땅이 어디야?"

"구름 밑에, 우리 발아래를 보면 보이는 곳 있잖아! 거기가 땅이라는 곳이야."

친구들은 모두 냠냠이의 말에 땅으로 내려갈 준비를 하기 시작했어요.

"용용아, 너도 우리랑 가자. 이제 별을 그만 먹고 다른 걸 먹으러 가보자."

친구들이 용용이에게 같이 가자고 말했어요. 하지만 용용이는 뒤로 빠지며 말했어요.

"아니야 나는 별들이랑 구름들로도 충분해."

용용이는 맛있는 별들이 충분히 많다고 생각했기 때문에 가본 적도 없는 땅에 내려가고 싶지 않았어요.

친구들은 아쉽다는 듯 용용이를 두고 땅으로 내려갔지요. 그렇게 친구들이 떠난 후에, 용용이는 혼자 땅을 보며 놀았어요. 친구들은 여기저기 바쁘게 돌아다녔어요.

용용이 눈에 뭔가 색다른 것이 보였어요. 붉은색이 마치 해님 같았고, 푸른 잎사귀는 나풀나풀 용용이에게 손 흔드는 것 같았어요. 아직 친구들은 그 꽃을 발견하지 못했나 봐요. 어디서 그런 용기가 솟았는지 모르겠어요. 그 꽃을 보자 용용이는 결심했어요.

"아! 저 꽃을 먹고 말 테다!"

결심을 내린 용용이는 땅으로 내려가기 위해 구름을 불렀어요. 쏜살같이 날아온 구름에게 용용이는 부탁했어요.

"구름아, 나 땅으로 내려가 보고 싶어."

"뭐? 진심이야?"

"땅에 가서, 나도 친구들처럼 꽃을 먹어 보고 싶어."

"하지만 용용아, 땅에는 너보다 덩치 큰 동물들도 많은데…. 무섭지 않겠어?"

"구름아, 나 꼭 가고 싶어. 저기 저 희한한 꽃을 먹어보고 싶어. 그럼 내가 용감해질지도 모르잖아."

구름이는 친구가 처음으로 용기를 낸 것을 알기에, 말리고 싶은 마음을 뒤로하고 용용이를 등에 태웠어요. 하늘에서 땅으로 천천히 구름은 내려갔어요.

햇살이 용용이의 등을 따뜻하게 쬐어 주었어요.

땅에 도착하자마자 용용이는 재빠르게 구름이의 등에서 뛰어 내렸어요. 땅에 발을 딛자 용용이는 폭신한 구름과 다르게 단단한 땅이 어색해서 살얼음을 딛듯 살며시 다가 갔어요. 멀리서만 보던 꽃을 가까이에서 쳐다보았지요. 얇지만 줄기에 야무지게 붙어있는 잎사귀, 어여쁜 색의 꽃은 위에서 보았던 그대로 너무 예뻤답니다.

하지만 용용이가 생각지도 못했던 게 있었어요! 하늘에서 볼 때보다 꽃이 너무 키가 컸던 거예요. 콩콩 낑낑 있는 힘껏 땅을 박찼지만 용용이의 멋진 뿔이 발그레 물들기만 했어요. 용용이는 너무 속상했어요. 그토록 먹고 싶던 꽃을 생각하며 용기를 내어 내려왔건만, 꽃이 이렇게 키가 클 줄 누가 알았겠어요. 심지어 구름에게 언제 데리러 와 달라고 이야기도 해주지 않았던 것이 그제야 생각났어요. 결국 용용이는 눈물을 왈칵 쏟았어요. 처음 온 땅에 혼자서 남겨진 사실이 너무 무섭고, 어찌해야 할지 몰라서 눈물은 그치지 않았어요. 어찌나 서럽게 울던지 지나가던 땅 친구들 모두가 용용이를 힐끗 쳐다보며 갔어요.

"어쩌면 좋아…, 꽃도 못 먹고 하늘로는 또 어떻게 돌아가야 하지. 흑흑."

눈도 코도 뿔도 모두 빨개질 때까지 울던 용용이가 슬쩍 눈을 닦아내려는 때, 갑자기 아래서 목소리가 들려왔어요.

"이 바보야."

용용이는 깜짝 놀라 목소리가 나는 곳을 봤어요. 자신의 바로 아래서, 용용이보다 훨씬 작은 또 다른 하늘 친구가 용용이를 치켜 올려보고 있었어요.

"너도 하늘에서 왔어? 언제부터 있던 거야?"

"나는 아까부터 여기에 있었어. 키가 작아 보이지 않았던 거야. 아까 너 때문에 밟힐 뻔했다고."

용용이는 머쓱해서 사과를 했어요.

"너는 하늘로 어떻게 돌아가는지 아니?"

용용이는 자신도 못 먹는 꽃을 그 친구가 먹었을 리 없다고 생각했죠. 꽃을 먹지 못한다면, 땅에 있을 이유가 없으니까요. 얘도 돌아가야 할 텐데.

"내가? 내가 왜 돌아가…. 땅에 맛있는 꽃이 얼마나 많은데."

"응?"

그제야 용용이는 주위를 죽 둘러보았어요. 어여쁜 하늘빛 꽃, 별님을 빼다 박은 꽃…, 붉은 꽃 말고도, 정말 먹음직스런 꽃들이 용용이 주위에 활짝 피어있었어요. 용용이는 붉은색 꽃만을 고집하고 있었던 탓에, 다른 꽃들을 보지 못했던 거예요. 용용이가 고맙다는 말을 하려고 했지만 친구는 이미 떠난 뒤였어요. 분명, 다른 예쁜 꽃을 찾으러 떠난 것이라고 용용이는 생각했어요. 용용이는 쭈그려 앉았던 다리를 펴고, 다른 꽃을 찾아 날아갔어요.

주민주 작 〈Giraffe〉

A Sad Little YongYong

Minju Ju

Animals with big eyes and wonderful horns lived in heaven.

One of them was a friend of Yongyong.

Unlike his brave appearance, Yongyong lacked self-confidence. He was so shy, so he just looked at his friends showing off their horns and envied them quietly.

Yongyong and his friends lived by eating stars in the sky.

Since they always eat only stars, one day they talk about wanting to eat flowers and trees on the ground.

"Aren't you tired of eating only stars everyday?"

"Yes, I want to eat something else now."

"But what should we eat? We've never eaten anything but the stars."

Then YumYum who is one of them suddenly yelled.

"Ah! Kids, I found something down on the land that looks like a star!"

"Land? Where is the land?"

"Under the clouds, under our feet, you can see! That's the land."

When YumYum pointed at the land below them, everyone started getting ready to go down to the ground.

"Come with us, Yongyong. Let's stop eating the stars, and go eat something else."

Friends told Yongyong to lead the way. But Yongyong said,

"No, I have enough stars and clouds." and fell back.

Yongyong didn't want to go down to the land, because he had never been there and he thought there were enough delicious stars.

Reluctantly, the friends had to leave Yongyong behind.

So after the friends had left, Yongyong played alone, occasionally looking down at the ground. His friends were busy going here and there. Yongyong saw something different. The red color was like the sun, and the green leaves fluttered from side to side with the dragon. His friends haven't found the flower yet. Yongyong also didn't know where it came from. When he saw the flower, Yongyong was determined.

"Ah! I will eat that flower!"

When Yongyong made up his mind, he called the clouds to go down to the ground.

Yongyong asked the cloud who fly with lightning speed.

"I want to go down to the ground, cloud."

"What? Are you serious?"

"I want to go to the ground and eat flowers like my friends do."

"But Yongyong, there are many animals on the ground that are bigger than you…. Wouldn't it be scary?"

"I really want to go, cloud. I want to try that strange flower over there. Then who knows? I might become brave."

He knew his friend Yongyong was trying to be brave for the first time, so he carried Yongyong on his back with his mind to dissuade. Slowly the clouds went down from the sky to the ground.

The sun warm the dragon's back.

As soon as he reached the ground, Yongyong quickly jumped out of the cloud's back.

When Yongyong stepped on the ground, He slowly approached as if he was on thin ice, unlike the soft clouds. Yongyong looked closely at the flower that he only saw in the distance. The leaves and pretty flowers that were very thin but soft on the stem were just as pretty as they were.

But there was something Yongyong didn't think about! The flower was taller than Yongyong saw it in the sky. Although he stormed the ground with all his might, only Yongyong's wonderful horns were red.

Yongyong was so sad. He came down with courage, thinking of the flowers he wanted to eat, but who knew the flowers would be so tall?

It just occurred to him that Yongyong didn't even tell the cloud when to pick him up.

In the end, Yongyong burst into tears. The fact that Yongyong was left alone on the ground for the first time was so frightening that he couldn't stop crying. Yongyong cried so sadly, all of the land friends who passed by glanced at Yongyong.

"I can't even eat flowers⋯. How can I have to go back to heaven?"

"You idiot."

Yongyong was surprised, and looked at the place where the voice was coming. Just below him, another heaven friend, much smaller than Yongyong, was looking up at him.

"Are you from the sky? How long have you been

here?"

"I've been here for a while. You didn't even know I was here because I am too short. I almost got trampled by you."

Yongyong apologized out of embarrassment.

"Do you know how to go back to the sky?"

Yongyong thought his little friend couldn't have eaten any flowers because he was way smaller than himself.

If they can't eat flowers, there's no reason to stay on the ground. Yongyong thought that his little friend was also going back.

"What? Me? Why should I leave this place? There are so many delicious flowers on the ground."

"Huh?"

Then Yongyong looked around. A flower that has the color of pretty sky and a flower that looks like a star···, Besides the red ones, there were really delicious-looking flowers all around Yongyong. Yongyong didn't notice other flowers because he insisted on the red flowers. Yongyong tried to say thank to him, but he had already left. Apparently, Yongyong thought he was going to find another pretty flower. Yongyong stretched out and bent his legs and off he went looking for another flowers.

〈스타〉

에드가 드 가스 일레르 제르망(1834∼1917)

제작 1876 ∼ 1877년

기법 파스텔

크기 58 x 42 cm

소장처 오르세 미술관

눈부시게 빛나는 발레

한예서

영아는 오늘 정말 기분이 좋아요. 왜냐하면, 왜냐하면, 아빠가 곧 다가오는 발레 콩쿨에서 영아를 가장 아름답게 만들어줄 발레복을 사주기로 한 날이거든요.

철컥, 아빠가 문을 여는 소리가 났어요. 영아는 아주 빠르게 아빠에게 달려갔어요.

"아빠, 내 발레복!"
"자, 여기 있단다. 진정하렴. 아무도 뺏어가지 않는단다."

영아는 발레복이 든 상자를 받자마자 열어보았어요. 세상에나! 상자 안에 든 발레복은 너무나도 아름다운 옷이었지요. 이 옷이라면 누구에게도 뒤쳐지지 않을 것이라고 생각했어요.

"아빠, 사랑해요!"

영아는 아빠에게 짧은 뽀뽀를 해주고는 자신의 방으로 들어갔어요. 영아는 얼마 남지 않은 발레 콩쿨을 잔뜩 기대하며 자신이 얼마나 아름다워 보일지 생각했어요.

발레 콩쿨 당일 날, 영아는 엄마와 같이 아침 일찍부터 치장을 하기 시작했어요. 알록달록한 리본이 달린 머리끈으로 올림머리를 하고, 하얀 분을 바르고, 선홍색의 연지로 입술을 생기 있어 보이게 만들었어요. 그리고 마지막으로 아주 아름답고 화려한 발레복을 입었어요. 그 모습을 본 엄마는, 입에 침이 마르도록 영아를 칭찬했지요.

"영아야, 너무 예쁘다."

"세상에 나보다 예쁜 발레리나가 있으면 나와 보라고 해!"

영아는 거울을 보고 턱을 치켜들고는 도도한 표정으로 거울 속의 자신에게 말했어요. 자신의 모습에 굉장히 만족한 영아는 빨리 발레 콩쿨 대회장으로 가자고 엄마에게 졸랐어요.

"엄마, 빨리 가자!"

대회장에 도착하고 나서 영아는 주위를 둘러보았어요.

대부분 자신의 또래 여자아이들이었어요. 그중에서 단연 영아가 돋보였지요. 다른 친구들이 영아의 화려한 모습을 보고 말을 걸어보려 다가왔어요. 하지만 영아는 저렇게 평범하게 꾸민 사람들을 보고 한심하게 생각했어요.

"어떻게 나만큼 꾸민 아이들이 한 명도 없을 수가 있니? 물론 꾸며도 나를 이길 순 없을 테지만."

영아는 코웃음을 치며, 한마디를 쏘아 붙인 후 영아는 친구들을 지나쳤어요.

"자, 이제 콩쿨 시작합니다! 다들 자리에서 조용히 차례를 기다려주세요."

콩쿨의 시작 안내가 들렸어요. 안내에 따라 차례차례 무대로 나가서 공연을 했답니다. 곧이어 영아의 순서가 다가와서, 대기하는 자리 위에 섰어요. 영아 뒤에는 남자아이가 서있었어요. 그는 영아의 다음이 자신의 공연인 것이 긴장되었는지 옆에 있던 영아에게 말을 걸었어요.

"너 진짜 예쁘다!"

"당연하지."

영아는 당연한 것을 입 아프게 말하느냐는 듯이 코웃음을 쳤어요. 남자아이는 흐릿한 얼룩이 보이는 밋밋한 발레복에 너덜너덜해진 발레 신발을 신고 있는 아름다움과는 거리가 먼 모습을 하고 있었거든요.

영아가 자신을 무시하는 것이 느껴졌는지 그 남자아이는 얼굴이 빨개져 고개를 푹 숙였어요.

얼마 지나지 않아 영아가 무대로 올라갔어요. 영아는 음악에 맞추어 춤을 추었어요. 하지만 영아는 외모에만 신경 쓰느라 막상 발레 연습은 많이 하지 못했어요. 때문에 자세는 엉거주춤했고 박자를 몇 번 놓치기까지 했어요. 실망이었지요. 음악이 끝나자 영아는 얼굴이 빨개져서는 고개를 푹 숙이고 무대를 내려갔어요.

영아는 '저렇게 평범한 사람보다야 그래도 내가 더 낫겠지' 하는 마음으로 다음 차례인 남자아이의 공연을 보았어요. 가만히 보던 영아는 어느새 눈이 왕방울만 하게 커졌어요. 세상에나, 그렇게 발레를 잘하는 아이를 본 적이 없었기 때문이었죠. 영아는 눈을 깜빡이는 것도 잊은 채 그의 공연을 보았어요. 음악에 맞추어 얼마나 섬세하고 아름답게 추던지, 평범하고 낡은 옷을 입었는데도 눈부시게 빛났어요.

그의 공연이 끝나자 영아는 진심을 담아 손뼉을 쳐 주었어요.

잠시 후 그 남자아이가 무대에서 내려오자마자 다가가서 말을 걸었어요.

"얘! 아까 무시해서 미안해."

"아냐, 괜찮아."

"사실, 나는 남들의 겉모습만 보고서 함부로 실력을 판단했어. 네가 나보다 못 할 거라고 생각했지. 하지만 이번 공연에서 본 너의 발레솜씨는 정말 멋졌어."

영아는 발레를 하는데 겉모습은 전혀 중요하지 않다는 것을 깨달았어요.

영아는 집에 돌아와서 활동하기 편한 연습용 발레복을 입었어요. 어제까지만 해도 예쁘지 않다고 거들떠보지도 않던 옷이었지요. 열심히 발레 연습에 집중했어요. 언젠가 그 남자아이를 따라잡겠다는 마음으로 말이에요.

〈A spring morning, Bluebonnets, San Antonio〉
줄리안 온더덩크 (1882~1922)
제작 1913년
기법 캔버스에 오일
크기 76.2 x 101.6 cm
소장처 개인 소장

블루보넷 꽃의 전설

김수진

"애들아, 이 동전에 무슨 이야기가 있는지 얘기해 줄
까?"

어느 날, 테사 유치원의 선생님은 아이들에게 물었어요.

"네~!"

"네!"

아이들의 눈이 빛났어요.

오래전 텍사스에 심한 가뭄이 계속 되었어요. 모든 숲
의 나무와 풀이 말라 죽었답니다. 동물들과 사람들도 물과
먹을 것이 없어서 죽어갔어요. 모든 사람들은 비가 오기를
간절히 기도했어요.

어느 날, 비가 오기를 기도하던 인디언 부족의 제사장이
신의 계시를 받았어요.

제사장은 마을 사람들을 나무 밑으로 모았답니다.

"여러분, 제가 방금 신의 계시를 받았습니다."

제사장이 말했습니다.

"그것이 무엇인가요?"

"하느님께서 비를 언제 내려 주신 답니까?"

마을 사람들은 웅성거리기 시작했어요.

"하느님께서는 희생을 원하십니다. 여러분들이 가진 것 중 가장 귀한 것을 하느님께 드려야만 합니다."

사람들의 말에 제사장은 답했어요.

"가장 귀한 것을요?"

마을 사람이 물었어요.

"그렇습니다. 우리에게 가장 소중한 것을 바쳐야 비를 내려 주실 겁니다."

제사장이 마을 사람들은 둘러보았어요.

"꼭 제물을 바쳐야만 합니까?"

"다른 방도는 없는 겁니까?"

마을 사람들이 물었어요.

"족장님께서 희생하시지요!"

누군가가 말했어요.

"저 혼자만으로는 안 된다고 하더군요."

족장이 말했습니다.

202

"크리스네는 가장 부자이니 제물을 내놓기 수월하지 않겠습니까?"

"그런 억지가 어디 있소? 그러는 당신이나 내놓으시죠."

마을 사람들은 서로에게 미루기만 했어요. 그 누구도 자신이 가장 아끼는 것을 내놓으려 하지 않았답니다.

하지만 작은 소녀 리아는 자신이 가장 아끼는 것을 생각해 냈어요.

'내가 가장 소중히 여기는 것이면… 한나….'

한나는 리아가 가장 사랑하는 인형이었답니다. 한나는 리아의 어머니께서 생전에 입고 계시던 옷으로 만들었기 때문이지요. 머리카락은 어머니 목걸이의 블루제이 새의 푸른 깃털로 장식되어 있었고요. 리아는 한나를 볼 때마다 엄마가 곁에 있는 것처럼 느껴졌거든요. 가뭄으로 인해 가족을 모두 잃은 리아에게 유일하게 남겨진 것이기도 하고요.

그날 밤, 리아는 잠에서 깨어 밖으로 나왔어요. 밖은 온통 말라비틀어진 풀들과 앙상한 나무만 보였어요.

"하느님께서 비를 내려 주실까?"

리아는 한숨을 쉬며 말했어요.

리아는 발밑의 생쥐가 고통스럽게 숨을 거두는 것을 바라보고만 있어야 했어요. 리아는 마실 물이 없고 먹을 것이 없어 사람들이 숨을 거두는 것을 셀 수도 없이 보았어요.

'그래, 내 인형을 내놓으면 모두가 살 수 있을 거야.'

리아는 곧바로 제사장을 찾아갔어요.

"늦은 시간에 무슨 일이니, 리아야?"

제사장은 놀란 표정으로 물었어요.

"제사장님, 한나는 제가 가장 아끼는 건데요, 이걸 내놓으면 하느님께서 비를 내려 주실까요?"

리아가 한나를 보여주며 제사장에게 물었어요.

제사장은 아무 말도 할 수가 없었어요. 어른들은 아무도 내놓지 않는데 어린 리아는 소중한 걸 가지고 왔으니까요.

"하느님도 한나가 마음에 들었으면 좋겠어요."

제사장은 말렸어요.

"하지만 리아야, 그 인형은 너에게 남은 단 하나의 물건이잖니. 내일 누군가가 아끼는 것을 내놓을지도 몰라."

"아직 아무도 내놓지 않았잖아요. 다들 누군가 다른 사람이 내놓을 거라고 생각하나 봐요."

리아는 한나의 눈을 마주 보았습니다. 한나는 헤어지기 싫어하는 것 같았습니다.

"그래, 네 말이 맞구나. 모두들 그렇게 생각하는 것 같구나. 미안하구나. 네가 가장 소중히 여기는 인형인데…."

제사장은 미안하다는 듯이 리아의 어깨에 손을 얹었어요.

"괜찮아요. 한나도 이해할 거예요."

리아는 자신이 가장 소중히 여기는 인형을 불에 태웠어
요.

"하느님…, 꼭 비를 내려주세요. 모두들 물을 마실 수
있게 해주세요."

리아는 인형이 타는 동안 두 손을 모으고 간절히 기도했
어요. 리아의 마음도 타들어 가는 것 같았어요.

그 뒤, 인형이 타고 남은 재를 바람결에 뿌렸어요.

"내일 아침에는 꼭 비가 오게 해주세요."

리아는 작은 목소리로 속삭였습니다.

다음 날 아침이 되었어요.

"엄마! 엄마! 비가 와요!"

아이의 외침에 사람들은 하나둘 밖으로 나왔어요. 비가
오자 풀 한 포기 없던 온 땅에 리아의 인형의 머리색과 같
은 푸른색의 꽃들이 가득 피어나 있었어요.

"아이고, 감사합니다. 감사합니다."

"하느님 감사합니다."

마을 사람들 모두 하느님께 감사인사를 드렸어요.

"비를 주셔서 감사합니다."

리아는 하늘을 향해 작게 속삭였어요. 그 후로, 해마다
봄이면 텍사스의 모든 들판에 푸른 꽃이 피어난답니다. 그

푸른 꽃은 생명의 비를 뿌리게 해준 인디언 소녀 '리아'의
사랑을 기억하는 꽃이랍니다.

"바로 그 꽃이 블루보넷이랍니다."
테사 선생님이 말했어요.
아이들은 텍사스 동전을 만져 보았어요. 리아와 한나가
웃으며 그들을 바라보고 있는 것 같았답니다.

여고생들이 쓴 신선하고 발칙한
한글·영어 합본 패러디 동화

"이 사과를 먹도록 해라!"

"싫어요, 이 사과를 먹지 않을 거예요, 제가 왜 못생겨져야 하는 거죠?"

"나보다 예쁘다는 큰 죄를 지었기 때문이다, 그러니 나보다 못생겨져야만 해!"

"왕비님, 그럼 당신도 이 사과를 먹어야 해요, 죄인이라고요!"

"뭐라고? 세상 모든 사람들이 네가 가장 예쁘다고 하는데, 내가 왜 죄인이란 말이냐?"

"왕비님은 세상에서 가장 아름다운 목소리를 가졌잖아요, 그게 바로 죄가 아니고 무엇
이냐고요?"

– '세상에서 가장 아름다운 사람은 누구일까요?' 〈백설공주 패러디〉

언니들이 들려주는 얼렁뚝딱 동화

백설공주, 잭과 콩나무, 인어공주, 흥부놀부까지 익숙한 13개 동화를 담고 있다.

요즘 언니들인 여고생들이 때로는 신선하게, 때로는 발칙한 상상과 유머를 더해 새롭게 썼다. 동화의 기본 틀은 차용했지만 반전과 패러디가 돋보인다.

학생들은 매년 필리핀 퀘손 시티로 봉사활동을 떠난다. 그곳에서 책이 없어 글을 못 읽는 아이들에게 동화를 제작해 전달하고 싶은 여고생들의 따뜻한 마음 씀으로 한글·영어 합본 동화를 집필 했다.

이소연 외 29명 지음 | 160쪽 | 12,000원